W0297814

Langenscheidt

The Pirates and the Thunderbird – Die Piraten und der Donnervogel

von Andreas Stieber

Langenscheidt

Berlin · München · Wien · Zürich · New York

Lektorat: Marion Schweizer
Englischsprachiges Lektorat: Stephen Roche
Coverzeichnung: Gerhard Straeter

www.langenscheidt.de

Umwelthinweis:
gedruckt auf chlorfrei gebleichtem Papier

© 2009 by Langenscheidt KG, Berlin und München
Satz: Franzis print & media GmbH, München
Druck: Mercedes-Druck, Berlin
Printed in Germany

ISBN: 978-3-468-20552-1

09010

Them that die'll be the lucky ones.
Wer stirbt, gehört zu den Glücklichen.

Robert Louis Stevenson

Inhalt

Die Einschiffung

"How old are you, boy?", bellte der Offizier.
Mattis brachte vor Schreck kaum den Mund auf. Beim Warten in der Schlange hatte er innerlich immer wieder seine Antwort geübt. Aber nun, da er endlich vor dem Heuertisch stand, war er wie versteinert.
"Well?", kam es grimmig von unten aus dem dicken Schnurrbart hervor. Der beleibte Mann mit der seltsam schmuddeligen Uniform saß vornüber gebeugt und machte Eintragungen auf den gelblichen Papierblättern, die vor ihm lagen. Er wirkte ungeduldig.
"Er ... seventeen, sir", stammelte Mattis.
Sein Gegenüber blickte langsam auf und musterte ihn im Schneckentempo von oben bis unten: "Sure?"
"Yes, sir!", sagte Mattis mit fester Stimme. Es sollte wie selbstverständlich klingen. Er war zwar erst vierzehn, aber um auf einem Schiff Seiner Majestät anzuheuern, musste man mindestens siebzehn sein.
"You look **a fair bit** young for your age", grummelte der Offizier und senkte den Blick auf seine Listen. Der Federkiel kratzte auf dem Papier und es schien wie eine Ewigkeit, bis er wieder sprach.
"You're not **from these parts**, are **ye**?"
Mattis wurde wieder bewusst, dass man seinen Akzent hörte, auch wenn er die Sprache schon früh von seiner englischen Mutter gelernt hatte.
"No, sir", sagte er so britisch, wie er nur konnte.
Der Mann am Tisch schnaubte heftig in seinen Oberlippenbart, so als wäre er unzufrieden mit der Antwort.

a fair bit ganz schön
from these parts aus dieser Gegend
ye = you

"So, what's your name, then?"
"Mattis, sir. Mattis Henry Taylor."
Das machte sich besser als Mattis Heinrich Schneider. Es hieß zwar, dass die Herkunft der Matrosen den Kapitänen recht gleichgültig war. Das hatten ihm Mr und Mrs Baxton vom Red Anchor Inn gesagt. Aber wenn schon auf einem englischen Schiff anheuern, dachte sich Mattis, dann am besten doch mit einer englischen Version seines Namens.
"And where are you from?", fragte der Mann ruppig.
"Hamburg, sir. I'm from Hamburg in Germany."
"Ah, from Germany, eh?" Es verging eine lange, spannungsgeladene Pause.
"Right, then!", sprach er endlich, langsam und gedehnt, während er wieder etwas auf seine Liste kritzelte. "You're **able-bodied** and **healthy** – you'll do well as a **ship's boy**. Be here at **dawn**!"
Geschafft! Mattis versuchte, sich seine Aufregung nicht anmerken zu lassen. Er murmelte noch ein "Thank you, sir", setzte seine Mütze wieder auf und drehte seitlich ab. Noch im Weggehen hörte er die raue Stimme des Offiziers, wie er mit der Befragung des nächsten Bewerbers begann.

able-bodied tauglich
healthy gesund
ship's boy Schiffsjunge
dawn Morgengrauen

Einen Augenblick lang stand er noch da und sah sich die Pacific Challenger an, die vor ihm am Kai lag. Es war ein schönes Schiff, bei Weitem nicht so groß wie manche der riesigen Schlachtschiffe der Royal Navy, aber dennoch ein Dreimaster von beträchtlichen Ausmaßen. Der Rumpf leuchtete in einem weichen Dunkelblau und auf

Höhe der geschlossenen Kanonenpforten verlief ringsum ein breiter milchig-gelber Streifen. Von Mr Baxton, der immer wusste, was im Hafen vor sich ging, hatte Mattis erfahren, dass sie ein ehemaliges Kriegsschiff war, eine Fregatte, die man für die geplante Expedition zum Forschungsschiff umgerüstet hatte. Von der früheren Bewaffnung waren ihr nur vier leichte Sechspfünder-Kanonen und einige Drehbassen geblieben.
Während Mattis das Schiff betrachtete, wurden Fässer und Kisten über eine Rampe an Bord geschafft; auf dem Achterdeck, dort wo auch die Geschützrohre unter ihren Abdeckungen hervorschauten, standen einige Herren in Uniform. Vielleicht war einer davon Captain Blunt, von dem Mr Baxton erzählt hatte?
Inzwischen wehte von See her eine kräftige Brise und kühlte die feuchte Meeresluft noch weiter ab. Glücklich und zufrieden mit seiner neuen Situation, zog sich Mattis die Jacke fest um den Oberkörper und stampfte los in Richtung seiner Herberge im Red Anchor.

Ein lautes Pochen an der Tür riss ihn aus dem Schlaf.
"Mattis, my boy!", rief Mrs Baxton durch die Tür. "You should be getting up."
Es dauerte einen Augenblick, dann sprang Mattis aus dem Bett. "Yes, Mrs Baxton. I'm coming!"
Draußen war es noch dunkel. Vom Erdgeschoss schimmerte das schwache Licht der Öllampen über die Treppe nach oben. Am Abend zuvor war es spät geworden. Etliche Seeleute hatten den Weg in das Gasthaus gefunden, und so war auch Mattis wegen der anfallenden Arbeit erst tief in der Nacht zur Ruhe gekommen.

"Here, my boy. Sit yourself down", begrüßte ihn Mrs Baxton, als er in die Gaststube kam. "Have some bacon and eggs. That will give you **strength**." Die Wirtin des Red Anchor hatte ihn in den zwei Wochen, die er bei ihr und ihrem Mann gewohnt hatte, ins Herz geschlossen. Sie behandelte ihn wie ihren eigenen Sohn.
"Here's an extra big **helping**", sagte sie, als sie ihm den Teller auf den Tisch stellte.
"You'll need an extra big helping!", rief Mr Baxton von hinter dem Tresen. "It's your big day today, isn't it?"
"Yes, sir. It is", antwortete Mattis mit vollem Mund.

strength Kraft
helping Portion
coxswain Steuermann

Danach ging der Abschied schnell. Mrs Baxton vergoss einige Tränen und ihr Mann versorgte Mattis mit Ratschlägen für das Leben als Seemann. Als die Sonne eine halbe Stunde später aufging, stand Mattis mit seinem Seesack am Kai vor der Pacific Challenger. Dort hatte sich schon eine Gruppe von Seeleuten zusammengefunden, die ebenfalls zur Mannschaft gehören würden.
Bald erschien auf dem Achterdeck ein uniformierter Herr und gab Befehle an andere Männer, die schon an Bord waren. Von irgendwo weiter vorn waren weitere Kommandos zu hören. Die Männer vom Kai begannen sich zu bewegen, Mattis ließ sich mitziehen und kurze Zeit später waren alle auf dem Oberdeck versammelt.
"Good morning, gentlemen!", rief der Uniformierte laut und deutlich herunter, sodass ihn alle gut hören konnten. Das Gemurmel der Männer verstummte. "My name is Frank Carter. I shall be the **coxswain** and Captain

Blunt's **first mate** on this **voyage**. Welcome on board!"

Anschließend wurden alle einzeln aufgerufen und für ihre Aufgaben eingeteilt. Das übernahm der Bootsmann, der am Ende des Oberdecks stand und als Mr Steward vorgestellt wurde. Mattis blickte etwas unsicher um sich und wartete, bis er an die Reihe kam.

"She's a fine **vessel**, she is – the Pacific Challenger", hörte er jemanden sagen.

Mattis drehte sich um, aber der Matrose hatte nicht ihn, sondern seinen Nachbarn gemeint.

"**Aye**, she is", gab der Angesprochene zurück, voller Bewunderung für das Schiff, auf dem sie sich befanden. "And the coxswain, Mr Carter, he's a fine man. I've heard a lot of good things about him."

"**Sadly** we can't say the same of Captain Blunt", erwiderte der erste. "People don't **speak well of** him."

Das klang gar nicht gut, dachte Mattis.

"Mattis Henry Taylor!"

Mattis erschrak, als er seinen Namen hörte. Er sammelte sich aber schnell und trat vor. "Aye, sir."

Mr Steward blickte ihn kurz an und sah dann auf seine Liste. "Ship's boy, are you?"

"Aye, sir."

"Right, there'll be two of you."

Zwei Schiffsjungen? Mattis freute sich. Ein wenig bange vor dem, was ihm bevorstand, war ihm ja doch. Aber mit einem zweiten Schiffsjungen an Bord würde er unter all den viel älteren Matrosen nicht so alleine sein.

first mate Erster Offizier
voyage Schiffsreise
vessel Schiff
aye = yes
sadly leider
to speak well of sb Gutes über jdm sagen

Neue Freunde

Auslaufen sollte die Pacific Challenger erst am nächsten Morgen und bis dahin gab es noch viel zu tun. Proviant und Kisten voller Gerätschaften wurden an Bord gebracht und letzte Vorbereitungen aller Art getroffen. Unter Deck fanden drei Schweine Platz und mehrere Käfige, die von Hühnern bewohnt waren. Bei all dem Geschleppe musste Mattis genauso anpacken wie die anderen. Im Laufe des Tages vergrößerte sich die Mannschaft noch einmal; eine weitere Gruppe Matrosen wurde auf ähnliche Weise eingewiesen wie am Morgen die, mit der Mattis gekommen war. Insgesamt, so sagte jemand irgendwann während der Arbeiten, würde die Besatzung etwa sechzig Mann zählen, dazu der Steuermann und die anderen Offiziere, die Wissenschaftler und einige Marinesoldaten. Die meisten von denen kämen aber erst kurz vor dem Auslaufen an Bord, zusammen mit dem Kapitän.

Es war spät am Abend, als endlich alles erledigt war. Von Bord gehen durfte jetzt niemand mehr. Während sich die Mannschaft nach und nach unter Deck zurückzog, stand Mattis oben an der kühlen Luft und blickte auf die Stadt. Er war todmüde. Und er hatte Hunger. Vom Schiffskoch zubereitete Mahlzeiten gab es aber erst nach dem Auslaufen.

"Mattis Taylor?", fragte eine Stimme neben ihm. Es war Mr Carter, der Steuermann.

"Yes, sir." Vorsichtshalber nahm Mattis seine Mütze ab.

Mr Carter blickte ihn wohlwollend an und sagte mit einem freundlichen Lächeln: "No fear, my boy, I **mean** you **no harm**." Dann sprach er weiter: "You might want to meet Terry Langston, the other ship's boy. You'll be spending quite some time together."

"Hello, I'm Terry", sagte der Junge, den Mr Carter mitgebracht hatte. "And you must be Mattis?"

Das war also der zweite Schiffsjunge. Wahrscheinlich war er unter denjenigen gewesen, die erst später an Bord gekommen waren.

"Yes, that's right. My name's Mattis."

Terry trug ein weites, schmutziges Hemd, das ursprünglich wohl einmal weiß gewesen war, und eine knielange Hose. Seine langen Haare waren hinten zusammengebunden und hingen bis zu den Schultern herab.

to mean sb no harm es nicht böse mit jdm meinen
to get rest sich ausruhen
to set sail in See stechen

"Well boys, I'll leave you alone, then."

Im Weggehen fügte Mr Carter noch hinzu: "**Get** yourselves some **rest**. We**'re setting sail** early in the morning."

"Yes, sir. Good night, sir", antwortete Terry höflich und drehte sich dann wieder zu Mattis: "Where are you from?"

"Hamburg", meinte Mattis, während er seine Mütze wieder aufsetzte.

"So, you're from Germany. I'm from Salisbury. That's not too far from here."

Terry beugte sich dabei hinunter zu der Stofftasche, die er auf dem Deck abgestellt hatte. Er holte einen dicken Laib Brot hervor: "Hungry?"

"Yes, very."

Terry brach ein Stück von dem Brot ab und reichte es hinüber: "Well then, have some bread."

"Thank you", erwiderte Mattis dankbar und biss gierig zu.
Terry nahm sich auch von dem Brot. "How come you speak English so well?"
"I learnt it from my mother originally. She was English."
"Was?"
"Yes, my parents died a long time ago."
"Oh, I'm sorry." Terry schwieg einen Augenblick. Er wollte lieber nicht nachbohren. Dann meinte er: "Let's get something to drink."
"Okay."
Kauend gingen sie unter Deck, wo ein Fass Wasser stand, aus dem sich die Mannschaft bedienen konnte. Ein Teil der Männer hatte sich einzeln oder in Gruppen verstreut auf dem Plankenboden niedergelassen und ihr mitgebrachtes Essen ausgepackt. Mehrere Öllampen verbreiteten ein schummriges Licht in dem niedrigen Raum.

to spill
verschütten

Mattis und Terry gingen hinüber zu dem offenen Wasserbehälter. An Lederriemen befestigte Trinkbecher hingen vom Rand des Fasses herunter.
"Careful not to **spill** any", mahnte Terry.
"Yes, I know", sagte Mattis, während er einen der Becher ins Fass tauchte.
Bei der Einweisung am Vormittag hatte der Bootsmann vor einem allzu verschwenderischen Umgang mit dem Wasser gewarnt. Später auf See würde es zu den wertvollsten Dingen an Bord zählen.
"It looks like we're going on a very long journey. But nobody seems to know exactly where", meinte Mattis,

während er an seinem Becher schlürfte. "I asked a few of the men today, but I got no real answer."

Pacific Pazifik
South America Südamerika
ocean Ozean
nothing but nichts als
endless endlos
study Arbeitszimmer
estate Gut
to take over übernehmen
landlubber Landratte
to breed (bred, bred) züchten

"To the **Pacific**", sagte Terry. "First **South America** and then the Pacific **Ocean**."

"Yes, the Pacific", meinte Mattis nachdenklich und mampfte genüsslich an seinem Brot. "I've heard of the Pacific. But I don't really know where it is. Do you?"

"It's on the other side of the world. **Nothing but** water for many weeks. An **endless** sea that goes on and on", wusste Terry. "I read about it in books in my father's **study**. Nobody knows where it ends. Some say it doesn't end at all."

"Your father's study?"

"Yes. Back home on the farm."

"Your father had a farm?" Mattis war neugierig, nicht nur auf den unermesslichen Ozean auf der anderen Seite der Welt.

"He still has a farm. A big **estate** near Salisbury, actually. With thousands of sheep and about twenty men working for him", erklärte Terry. "He wanted me to go to school and later **take over** the estate."

"Hm." Mattis war überrascht. Was machte Terry dann hier auf dem Schiff, wenn ihm so ein sicheres Auskommen in den Schoß gelegt wurde?

"I'm not going to be a **landlubber**", knurrte Terry verächtlich. "Go to school and study for years? Only to spend the rest of my life **breeding** sheep? No, that's not for me! I want to sail the oceans and see the world."

Terry riss sich noch ein Stück Brot ab und kaute heftig

darauf herum, so als würde er sich gerade sehr ärgern. Mattis wusste nicht recht, was er dazu sagen sollte.

"Why don't we sit down."

Sie suchten sich einen Platz an der Schiffswand, neben einer der Kanonenpforten, die jetzt nach der Umrüstung der Pacific Challenger nur noch als Luken dienten. Der Raum unter Deck füllte sich immer mehr. Um sie herum standen und saßen Matrosen und redeten angeregt über alles Mögliche. Einige lagen schon auf dem Boden und versuchten zu schlafen, andere hatten Hängematten aufgespannt und suchten dort ihre Ruhe.

cannibal
Kannibale
sea serpent
Seeschlange

"There are many strange things in the Pacific", begann Terry zu erzählen, als sie sich niederließen. "I read about them in my father's books."

"Like what?"

"Wild men, for example", antwortete Terry bedeutungsvoll. "Their skins are of all sorts of different colours – black, brown, red. And some yellow. There are **cannibals** too. And there are monsters on land and giant **sea serpents** that can pull ships down to the bottom of the ocean."

Mattis staunte: "Really?"

Die alten Seeleute in Hamburg hatten Ähnliches erzählt, aber er hatte die Geschichten nie richtig glauben wollen. Er blickte auf die Ritzen im Holzboden zwischen seinen ausgestreckten Beinen, während Terry munter Brot vertilgte. Vielleicht gab es das wirklich alles?

Plötzlich spürte er einen Stoß am Bein. Ein Matrose stolperte über seinen Fuß und fiel beinahe hin. "Arr,

to lay (laid, laid) legen
lad Junge
worthy tüchtig
seaman Seemann
to swear (swore, sworn) schwören
mind you wohlgemerkt
tyrant Tyrann
in command *hier:* als Kommandant

careful where you **lay** your feet, boy!", schrie ihn der Mann an und ging wild fluchend weiter. Er roch nach Rum, bis hinunter zum Boden, wo Mattis und Terry saßen.

Die beiden sahen ihm verwundert nach. Mattis lachte kurz und meinte: "I'm sure the captain won't like that."

"The captain's very strict, they say", bemerkte Terry.

"Aye, my boy, he is", erklärte unvermittelt ein auffällig groß gewachsener Seemann mit zottigem grauem Haar, der sich gerade zwei Armlängen neben ihnen niederließ. "Especially with the rum and grog."

Der Matrose lehnte sich hinüber und reichte beiden Jungs die Hand. "My name's Samuel Planter. Just call me Samuel." Halb sitzend und halb liegend, auf einem Arm abgestützt, lachte er sie glucksend an und offenbarte mehrere dunkle Zahnlücken. "Enjoy the voyage with Captain Blunt, **lads**", sagte er leise. Die Bemerkung klang fast spöttisch. "He's a **worthy seaman**, I **swear**. But **mind you**, he's a **tyrant in command**", fügte er hinzu, während er ihnen auf den Planken liegend den Rücken zukehrte.

"Well, we'll see", meinte Mattis.

Samuel atmete schwer und regelmäßig; kurz darauf begann er laut zu schnarchen. Die Jungs mussten leise lachen. Ein komischer Kauz! Aber immerhin war er der erste und bisher einzige unter den Matrosen, der sich persönlich vorgestellt hatte.

Terry wechselte das Thema. Auch er war neugierig: "But what about you? What are you doing here in England and on this ship?"

"Oh, I've always wanted to go to sea. My father was a sailor before he **settled** in Hamburg. Maybe that's the reason."

"But you said your mother was English, didn't you?"

"Yes, my parents met when my father was in London on a **merchant ship**. They got married and opened an **inn** in Hamburg near the harbour."

Terry war begeistert: "Hah, at least your father did something interesting! Not like mine, out there on his farm with all those sheep." Aber seine Neugier war noch nicht gestillt. Und da Mattis freimütig erzählte, fragte er ungeniert weiter: "And what happened after your parents died?"

to settle sich niederlassen
merchant ship Handelsschiff
inn Gasthof
to take over sth etw übernehmen
to get along with sb mit jdm auskommen

"Well, my mother's brother came over from England to **take over** the inn. And to look after me." Die letzte Bemerkung unterlegte Mattis mit einer deutlichen Grimasse.

"So you grew up living with your English uncle?"

"Yes, that's right", knurrte Mattis zur Antwort. "I got lots of practice speaking English. But I didn't **get along with** him. I had to work day and night in the inn, so one day I just left."

Das fand Anklang bei Terry. Er hatte genau das Gleiche getan. "Good idea!", lobte er die Entscheidung und ließ sofort eine weitere Frage folgen: "And how did you come here to Portsmouth?"

"Oh, that was easy. I found a ship that took me here, the Anneke. She was **Dutch**, from Amsterdam."

Terry hätte noch mehr gefragt, aber er kam nicht dazu. Stattdessen hallte der schrille Ton der Bootsmannspfeife durch den Raum.

"Gentlemen!", rief Mr Steward in die Menge. Die Männer unterbrachen ihre Gespräche und blickten hinüber.

"Shhh, quiet! The **boatswain**!", raunzte jemand seinen Nachbarn an, der nicht still sein wollte.

Mr Steward stand am Niedergang und begann die Öllampen um ihn herum zu löschen. "In the morning we set sail and I expect you all to be at your **posts**!", ließ er unmissverständlich verlauten. Dann folgte ein schroffes "Good night, gentlemen!" und der Bootsmann verschwand wieder. Es herrschte ein strenges Regiment an Bord.

Dutch niederländisch
boatswain Bootsmann
post Posten
to run away from home von zu Hause weglaufen

Nach und nach gingen die übrigen Lampen aus; nur eine ließ man brennen, für alle Fälle. Bald verstummten auch die letzten Gespräche.

"So you **ran away from home** too!", sagte Terry im Flüsterton. "We're like brothers, then."

Ja, sie hatten wohl einiges gemeinsam, dachte Mattis noch, bevor er, von den Anstrengungen des Tages erschöpft, in den Schlaf fiel.

Auf hoher See

Das Schiff rollte heftig zur Seite und fast wäre Mattis über die hochkant gestellten Bretter gefallen, die ihn von den Schweinen trennten.
"That was close!" Terry lachte, als er seinen Kübel in den Futtertrog hinter den Brettern leerte. "Be careful, or else they'll have you for dinner."
"**They might as well**", stöhnte Mattis und schüttete schwankend die Essensreste aus seinem Eimer dazu. "I'm half dead already!"
Nach fast einer Woche auf See tat ihm alles weh. Die Arbeit an Bord war anstrengend und es gab nur selten einmal eine Verschnaufpause. Als Schiffsjungen waren sie Mädchen für alles. Sie mussten nicht nur das Deck schrubben und die Räume unter Deck sauber halten, sondern auch bei Bedarf dem Zimmermann und dem Koch zur Hand gehen. Dazu brachten sie dem Kapitän samt Offizieren und Passagieren das Essen in die Kabinen und mussten auch beim Setzen und Einholen der Segel helfen. Selbstverständlich gehörte die Versorgung der Tiere an Bord ebenfalls zu ihren Aufgaben.
"That should **keep** you **stinking** pigs **happy** for a while", rief Terry den Schweinen zu, als der matschige Inhalt der letzten Eimerladung in ihren übergroßen Fressnapf plumpste. Laut quietschend und grunzend rangelten sich die Tiere um den besten Platz am Rand des Troges. Mattis hatte sich, seinen leeren Eimer noch in der Hand, auf einen der

They might as well.
Sollen sie doch.
stinking
stinkend
to keep sb happy jdn bei Laune halten

Hocker vor dem Bretterverschlag gesetzt. Er beobachtete die Szene durch die Lücken zwischen den Latten.

South Sea Südsee
gigantic gigantisch
length Länge
mainmast Großmast
to doubt sth etw bezweifeln

"I wonder if those wild animals in the **South Sea** smell like these ones here?", fragte er halb in Gedanken versunken.

"They probably do." Terry kam aus dem kleinen Stall heraus und stieß mit dem Fuß die wacklige Tür zu. "Samuel says they do. And he's seen them."

"Well, yes. So he says." Mattis war skeptisch. Samuel fuhr seit unzähligen Jahren zur See und hatte schon die ganze Welt gesehen. Aber manche seiner Geschichten waren doch schwer zu glauben.

"Don't you believe him?"

"I don't know."

"Well, I do. And I've seen drawings and books too. I told you. Remember?" Terry setzte sich auf den zweiten Hocker. Er kannte vieles von dem, was sich alte Seebären erzählten. "Some of those monsters are taller than a house, with necks so long they eat from the tops of trees. And others are as fat as this ship is wide. With **gigantic** ears and a nose the **length** of our **mainmast**." Er versuchte Mattis' Skepsis zu beseitigen. Das wollte aber nicht richtig gelingen.

"I know there are big cats, lions and tigers", gestand ihm dieser zu. "And they eat men." Dennoch blieben Zweifel: "But all the others ...? I'm not sure."

"You needn't **doubt** it, boy", donnerte es von hinten. Mattis drehte sich auf seinem Hocker um die eigene Achse und erblickte Samuel. Er stand praktisch schon neben ihnen. Während die Pacific Challenger durch die See pflügte, erzeugte sie einen beständigen Geräuschteppich, der Wind in den Segeln, das Wasser an der Außenwand und überall ächzendes Holz. So hatten die Jungs gar nicht gemerkt, dass Samuel zu ihnen hinuntergekommen war.

"**To be sure**, Mattis", fuhr er fort, "I've seen every **creature** on God's earth. Some you don't **dare** to imagine." Dann lachte er ihn an und fügte hinzu: "Well, almost every creature."

Das Lachen verschwand aber so schnell aus seinem Gesicht, wie es gekommen war. Mit einem Mal wirkte Samuel ganz streng: "There's **many a wonder** to be seen in South America and beyond, believe me. But only **God Almighty** knows if we will **live to see** them."

Was das wohl bedeuten sollte, dachte sich Mattis. "What do you mean?"

"The **Caribbean**!", war die Antwort. "It's on our way to **the Americas**, it is." Er zog die Nase hoch und spuckte durch die Bretter des Verschlags in den Schweinetrog. Dann sprach er in einem seltsam gedämpften Ton weiter: "And it's a dangerous part of the world, you know. Difficult **waters**, **heavy seas** and **monstrous** storms, wild black men on the **shores** ..." Es folgte eine Pause. Samuel blickte hastig zu beiden Seiten und beugte sich hinunter zu seinen Zuhörern. "And, mind you, lads",

to be sure ganz bestimmt
creature Geschöpf
to dare wagen
many a manch ein
wonder Wunder
God Almighty Gott, der Allmächtige
to live to see sth etw erleben
Caribbean Karibik
the Americas Amerika
water Gewässer
heavy sea hoher Seegang
monstrous ungeheuerlich
shore Küste

zischte er nun halb flüsternd durch seine Zahnlücken, "bad men on bad ships."

"Bad?", stieß Mattis hervor. "Bad men? Bad ships?" Aber dann verstand er schon: "Pirates!"

"Aye, my boy. The **Caribbean Sea**'s **infested with** them." Samuel schaute noch einmal rundum, so als ob andere nicht hören sollten, was er nun sagen wollte. Er flüsterte immer noch: "But they're not as bad as some think, you know. There's many a fine man **flying the Jolly Roger**, if you ask me. For some it's the only **honest** way to **make a living**."

Caribbean Sea Karibisches Meer
to be infested with sth voll von etw sein
to fly the Jolly Roger unter der Totenkopfflagge segeln
honest ehrlich
to make a living seinen Lebensunterhalt verdienen
to tell yarns Seemannsgarn spinnen

Verunsichert nahm Mattis seine Mütze ab und rieb den weichen Stoff zwischen den Fingern. Fragend blickte er zu Terry hinüber; der aber schien weniger erschrocken. Er saß bewegungslos da und zuckte nur mit den Schultern.

"But I didn't come down here to **tell yarns**." Samuel sprach wieder laut und deutlich und klang dabei sehr ernst. "The coxswain told me to fetch you, Mattis. The captain wants to see you." Das darauf Folgende wirkte sogar ziemlich unerfreulich: "I'm afraid he's not very happy."

Mattis stand vor der Kapitänskajüte und zögerte. Was wollte Captain Blunt wohl? Er atmete durch und klopfte an die Tür.

"Come in!", kam es kurz und scharf aus dem Inneren.

"Ah, Mr Taylor!" Der Ton ließ nichts Gutes erwarten. Wortlos winkte der Captain Mattis hinüber, näher an den Tisch. Dort saßen auch der Schiffsarzt und die drei Wissenschaftler, fein gekleidete Herren in grauen Anzügen mit hochgeschlossenen weißen Kragen. Seitdem sie aus Portsmouth ausgelaufen waren, hatten sie sich fast nur in ihren Kabinen aufgehalten; es hieß, sie arbeiteten dort. Mattis sah sie nur selten, außer wenn er und Terry ihnen das Essen servierten.

Good afternoon. Guten Tag.
to inspect kontrollieren
lower deck Zwischendeck
to be covered with filth vor Schmutz starren

"Yes sir?", sagte Mattis zum Captain. Und an die anderen Herren gewandt: "**Good afternoon**, gentlemen."
"I'm the one talking to you, Taylor!", raunzte ihn Blunt an.
"Yes, sir. Sorry, sir." Ein bisschen zitterten ihm die Knie. Bei den Matrosen galt der Kapitän als hart, unnachgiebig und herrisch. Mattis wusste nicht recht. Wenn sie ihm und den anderen das Essen in die Kajüte brachten, wurden Terry und er meist kühl und reserviert behandelt, fast gar nicht beachtet. Aber schließlich waren sie ja nur Schiffsjungen.
"I **inspected** the **lower decks** this morning", sagte Blunt, ohne Mattis anzusehen. "They**'re covered with filth**. Especially the area with the animals. You boys – you and your mate, the other ship's boy, what's his name?"
"His name's Langston, sir, Terry Langston."
"Aye, young Langston." Der Captain nickte wie abwesend, holte Luft und nahm mit erhobener Stimme neuen Schwung: "Anyway, you boys are not doing a very good job!"

"But ...", begann Mattis zaghaft und stockte kurz. Das war ungerecht! Terry und er taten, was sie konnten, um die Räume unter Deck sauber zu halten.

Der Captain drehte sich um und schaute ihn an. "But what?", unterbrach er schroff. "If you don't want to do your work you can leave us when we **make port** at Santa Cruz. Otherwise **obey** your **orders** and do your job!"

to make port den Hafen anlaufen
to obey gehorchen
order Befehl
to take care sich Mühe geben
discipline Disziplin
to enforce durchsetzen
regulation Anweisung
Realm Königreich

Santa Cruz auf den Kanarischen Inseln war die nächste Station, bevor es nach Westen in Richtung Amerika ging. Mattis biss die Zähne zusammen und sagte nur: "Yes, sir."

Blunt drehte sich wieder zum Tisch und nahm einen Apfel aus der Obstschale. Er hatte Mattis wieder halb den Rücken zugekehrt und begann den Apfel an seiner Uniformjacke glattzupolieren.

"**Take** more **care**, I warn you", fügte Blunt nach einer wenig angenehmen Pause hinzu. Dann biss er in den nun rot glänzenden Apfel. "I have the means to teach sailors **discipline** on board. And I have the means to **enforce regulations** on a ship of the **Realm**", sagte er mit vollem Mund.

Auf See hatte der Kapitän das Recht, Matrosen, die gegen die Schiffsregeln verstießen, zu bestrafen. Die Regeln waren hart. Die Strafen auch. Nur mit Mühe brachte Mattis dieses Mal die fällige Antwort heraus: "Yes, sir."

Einer der grauen Herren am Tisch schaute nun endlich von der Karte auf, die er bis dahin wortlos studiert hatte.

Aber er blickte nur teilnahmslos kurz herüber, kratzte sich den Bart und richtete einige leise Bemerkungen an seinen Nachbarn. Zusammen begannen sie dann in einem dicken Buch zu blättern. Offenbar beschäftigten sie sich mit etwas ganz anderem.

"**Off you go** then, Taylor." Der Captain signalisierte mit einer wedelnden Handbewegung Richtung Kajütentür das Ende des Gesprächs.

"Yes, sir."

"And keep that pigsty **in good shape**. One can smell it **throughout the ship**", gab ihm Blunt noch auf den Weg, während Mattis mit einem letzten "Yes, sir" nach draußen flüchtete.

Off you go! Ab mit dir!

in good shape in gutem Zustand

throughout the ship auf dem ganzen Schiff

Schiff in Sicht!

Mattis und Terry saßen Beine über Kreuz auf dem Vordeck und widmeten sich ihrer Arbeit. Nach einem kräftigen Sturm vor einigen Tagen gab es noch letzte Reparaturen zu erledigen und sie waren zum Ausbessern der Vorsegel abkommandiert.

"Everything alright here?", fragte Mr Carter, als er auf seinem morgendlichen Rundgang an den Jungs vorbeikam.

"Aye, sir", erwiderte Terry mit einem Blick nach oben zu dem neben ihm stehenden Steuermann.

"Good work you're doing there, boys." Mr Carter fand fast immer ein freundliches Wort, wenn er den beiden begegnete.

"Thank you, sir", rief ihm Mattis nach, als er um das auf dem Vordeck festgezurrte große Beiboot herum wieder verschwand.

Ja, Mr Carter war anders als der Captain. Doch der ansonsten recht handfeste Umgang an Bord war heute auch allgemein einer unbeschwerten Stimmung gewichen. Den Sturm hatte die Pacific Challenger gut überstanden und jetzt lag die See ruhig unter dem tiefblauen Himmel. Dennoch blies ein ausreichend starker Wind, um eine gute Fahrt zu ermöglichen, und die schon tropische Sonne wärmte die Gemüter. Wer nicht gerade eine wichtige Aufgabe zu erfüllen hatte, gönnte sich eine Ruhepause. In kleinen Gruppen saßen die Matrosen an Deck, einige spielten mit Würfeln, andere erzählten sich, was sie beim nächsten Landgang alles unternehmen würden. An Schanzkleid und Reling

hingen Angelleinen im Wasser und mittschiffs wurde sogar aus voller Kehle gesungen und Musik gemacht.
"Hey, look up there", rief Mattis plötzlich und zeigte in den Himmel. "Seagulls!" Er war mit seiner Arbeit fertig geworden und stand an den Wanten.
Terry stellte sich dazu. "Aye, America can't be far now. But maybe it's just an island."
Vögel auf See waren ein sicheres Zeichen, dass Land in der Nähe war. Die anderen sahen die Möwen auch. Augenblicklich ertönte ein lautes Johlen über das Deck. Einige Männer sprangen auf und versuchten eines der Tiere zu fangen, das sich kurz auf der Reling niederließ.

matey = mate
mainland Festland
to head for sth etw ansteuern
though allerdings
several mehrere

"Hello birds!", schrie Mattis freudig und schwenkte wie zum Gruß seine Mütze durch die Luft. "It must be America!", mutmaßte er, immer noch gegen den Wind schreiend. "The people are red there, so I've heard."
Die Jungs liefen das Deck entlang und standen auf einmal neben Samuel. Der hatte Mattis offensichtlich gehört. "No, **matey**, it's not America, to be sure", sagte er, die Augen ebenfalls nach oben gerichtet.
"Why not America?" Mattis war enttäuscht. "Where are we, then, if not America?"
"It's the New World, alright, son. But not the **mainland**. We're sailing too far south for that", erklärte Samuel.
"Well, the coxswain did tell us some time ago that we were **heading for** Jamaica", gab Mattis zu.
"Aye, Jamaica. That's still a fair bit away, **though**. **Several** days at least before we get there." Samuel blickte mit

ernster Mine auf die Weite des Meeres hinaus. "We'll be safe if we reach port at Spanish Town in good shape."
"Why shouldn't we reach port in good shape?", fragte Mattis. Dabei wusste er sehr wohl, was Samuel meinte.
"Oh, don't worry, we'll be fine in Spanish Town. Jamaica's a **colony of the Crown**", wich Samuel aus. "Just don't forget", sagte er dann aber doch bedeutungsschwer, "these waters here are the Caribbean. You know what that means, my boy. Nobody's safe in Caribbean waters."
Je weiter die Pacific Challenger über den Atlantik vorgedrungen war, desto öfter hatten die Matrosen von den Gefahren der karibischen Inseln gesprochen. Meist aber nur in Andeutungen. Das Wort *pirates* nahm nur Samuel in den Mund und er wurde oft genug dafür belächelt, allerdings nur zum Schein; niemand wollte seine Sorge offen zeigen. Mattis hielt das alles immer noch für Seemannsgarn.

colony of the Crown
Kronkolonie
Land ho!
Land in Sicht!

"I've told you often enough, boys ...", setzte Samuel noch einmal an, diesmal ohne den Satz zu beenden. Der Ausguck im Mastkorb unterbrach ihn: "**Land ho!**", kam es von oben.
Samuel stand mit noch offenem Mund da und blickte hinauf. Im gleichen Augenblick donnerte das Deck unter den Füßen der aufspringenden Matrosen, von überall hörte man freudige Schreie und Jubel durch das polternde Getrampel, und von unten kommend schoben sich die Männer hastig an die frische Luft.
"Where? Where is it?", rief Terry.
Samuel war schon verschwunden. Er stand inzwischen

bei den anderen Männern, die sich steuerbords am hochgezogenen Schanzkleid drängelten; die offene Reling mittschiffs schwankte gefährlich unter dem Druck der vielen Neugierigen. Da Samuel die meisten deutlich überragte, war er auch von Weitem leicht auszumachen. Die Jungs rannten hinterher und sahen nun auch die niedrige Hügelkette, die sich in der Ferne bläulichgrau schimmernd aus dem Wasser erhob.
"That must be Cat Island", rief Samuel, als er Mattis und Terry neben sich bemerkte. Er musste schreien, um den Lärm der Matrosen zu übertönen. "New Providence lies not two hundred miles northwest."

Ship ho!
Schiff in Sicht!

Auf New Providence lag Nassau. Und Nassau war eine Piratenstadt, hatte Samuel behauptet. Von dort hätten früher, als die englische Krone noch mit Spanien im Krieg lag, angeblich Freibeuter operiert. Heute war der Ort, so hieß es, ein Zentrum der gesetzlosen Piraten, die hier die Gewässer unsicher machten.
Die Jungs versuchten, sich an Samuel vorbei durch die Menge nach vorn zu schieben, um einen besseren Blick zu bekommen. Doch die Freude fand ein jähes Ende. Abermals meldete sich der Ausguck: "**Ship ho!**" Die Pfeife des Bootsmanns ertönte und alles blickte Richtung Achterdeck, wo auch schon die ersten Kommandos gerufen wurden.
"What's the problem?", fragte Terry überrascht, während sich die Versammlungen am Rand des Decks schlagartig auflösten und die Männer auf ihre Posten rannten. Schon begann überall die Takelage zu schnar-

ren, Segel flatterten im Wind und das Meer schwappte gegen die Außenwand des wendenden Schiffs.

"We**'re steering** away from the island. Why?"

"What do you think, my boy?", sagte Samuel noch schnell, bevor er sich davonmachte und an die Arbeit ging.

"Look **astern**, there it is." Terry hatte das Schiff entdeckt. "And it seems to mean trouble."

"Hm, yes, **possibly**."

"Just look at everybody on the **quarterdeck**", erklärte Terry seine Bemerkung. "The gentlemen seem nervous."

Dort hatte sich inzwischen Captain Blunt eingefunden, neben ihm Mr Carter und die drei Wissenschaftler, wie immer in ihre grauen Anzüge gekleidet. Einer von ihnen zupfte beständig an seinem Backenbart, ein anderer rückte immer wieder seine Augengläser zurecht.

to steer steuern
astern achtern
possibly vielleicht
quarterdeck Achterdeck

Der Captain blickte durch ein langes Fernrohr in Richtung des fremden Schiffs, das leicht steuerbord von achtern auf sie zusegelte. Offensichtlich war es von der Insel gekommen. Und genauso offensichtlich hatte sein Auftauchen die Kommandierenden völlig überrascht und dazu reichlich verunsichert: Das Schiff zeigte keine Flagge.

Auf der Pacific Challenger gab der Bootsmann mit zunehmend aufgeregten Schreien und ungestümen Armbewegungen seine Anweisungen, während Mr Carter die panischen Aktivitäten vom Achterdeck aus überwachte und hier und da Zusatzbefehle ausgab. Captain

Blunt beriet sich nun mit dem Kommandanten der Begleitsoldaten.
Plötzlich stand der Bootsmann schreiend und mit weit aufgerissenen Augen direkt vor Mattis. "Can't you hear, you **foolish good-for-nothing**?", brüllte er ihn an. "To the **foresail**, or you'll feel the **cat o' nine tails at** my **pleasure**!"
"Aye aye, sir!" Erschrocken spurtete Mattis los. Aus dem Augenwinkel sah er noch, wie sich weitere Soldaten zu den Herren auf dem Achterdeck stellten. Es waren nur zehn Marineinfanteristen an Bord. Meist saßen sie untätig herum und ließen es sich gutgehen, jetzt aber trugen sie volle Uniform und hielten ihre Musketen bereit.

foolish töricht
good-for-nothing Nichtsnutz
foresail Vorsegel
cat o' nine tails neunschwänzige Katze
at sb's pleasure nach jds Belieben

Mattis traf Terry auf dem Vordeck, wo er schon eifrig mit den Leinen hantierte. "I think we're trying to escape from that ship astern", sagte der, als Mattis dazukam.
"Yes, I think you're right." Mattis keuchte.
Zusammen zurrten sie Klüver und Fock in ihren neuen Positionen fest. Die Segel blähten sich auf und die Fallen gaben ein schnappendes Geräusch von sich. Mittschiffs schien Chaos zu herrschen.
Mattis nahm seine Mütze ab und wischte sich den Schweiß von der Stirn. Er wollte sich kurz hinsetzen, um wieder zur Ruhe zu kommen, als Terry mit ernster Miene bemerkte: "It's getting serious."
Während er sprach, blickte Terry das Deck entlang zum Heck. Mattis drehte sich in die gleiche Richtung. Auf dem Achterdeck machten die Soldaten die Geschütze klar und Matrosen schleppten Kanonenkugeln und

Schrot herbei. Die Jungs schauten sich ratlos an. Und was jetzt?
Da kam schon Samuel auf sie zugerannt. "Get **below deck**, boys!", rief er ihnen zu, noch bevor er das Vordeck erreicht hatte. "Down there you go! **Save** your souls and **God be with you**!" Dann war er wieder verschwunden.
Gleich darauf wussten die Jungs, was los war. "Oh no!", sagte Mattis mit einer ruhigen Stimme, die ihn selbst verwunderte. Er deutete auf den fremden Segler, der sich weiterhin von achtern kommend immer mehr der Pacific Challenger näherte. Das Schiff hatte Flagge gezeigt: "The **Jolly Roger**!"
Sie zögerten nicht lange und rannten los. Über die eigenen Füße stolpernd bahnten sie sich ihren Weg durch die überall herumlaufenden Matrosen zum nächsten Niedergang. Kaum waren sie unten angekommen, donnerte auch schon der erste Kanonenschuss. Sie verkrochen sich hinter dem Schweineverschlag und machten sich so klein wie möglich. "Are you alright?", presste Terry noch heraus. Mattis antwortete nicht. Vor Angst klapperten ihm die Zähne.

below deck unter Deck
to save retten
God be with you! Helf euch Gott!
Jolly Roger Totenkopfflagge

Die Schlacht an Deck war schnell geschlagen. Nach einigen Schüssen aus Kanonen und Musketen erschütterte ein mächtiger Schlag das ganze Schiff. Dann folgten lautes Kampfgeschrei, das Scheppern von Metall auf Metall, weitere Schüsse und ein zweiter heftiger Schlag, als eines der großen Segel samt Rah aufs Deck herabfiel.

Immer wieder drang durch die Schiffswand das dumpfe, nasse Klatschen von menschlichen Körpern, die schreiend über Bord gingen. Dann herrschte, überraschend und abrupt, beklemmende Stille.
"What's happened?", murmelte Terry leise. Eine Antwort erübrigte sich. Die Ruhe an Deck währte nur einen kurzen Augenblick. Erneut brach unbändiges Geschrei aus, aber diesmal war es Siegesgeschrei. Zahllose heisere Stimmen jubelten stürmisch und verfluchten Gott und den König. Derbe Kraftausdrücke vermischten sich mit hämischem Lachen.
"I think they**'ve taken over**", sagte Mattis endlich.

to take over
das Kommando übernehmen
overboard
über Bord

Die Jungs saßen noch immer zusammenkauert unter einer Decke. Mattis streckte den Kopf hervor. Neben sich sah er die Schweine, die das Getöse oben ungeniert ignoriert hatten. Zwei von ihnen grunzten vergnüglich und tauchten schmatzend die Schnauzen in den Futtertrog. Das dritte lag auf dem Boden und schien zu schlafen.
"Do you think they're going to kill us?" Terry wagte nun auch einen Blick unter der Decke hervor in die Umgebung. Außer den Tieren gab es aber nichts zu sehen.
"I don't know. They might **throw** us **overboard**."
"Well, in that case we could swim over to that island", schlug Terry vor.
"Yeah, that would be a good idea. But we might have to wait a long time before somebody rescues us."
Mattis war überrascht, wie die Angst plötzlich gewichen war. Das Gespräch eben kam ihm viel zu sachlich vor

angesichts der Situation, gänzlich unangebracht sogar, schließlich schwebten sie in höchster Lebensgefahr.

"Maybe the pirates lost the **fight**?" Terry versuchte noch, einen möglichst günstigen Stand der Dinge zu beschwören, wurde aber sogleich widerlegt. Oben an Deck tat sich wieder was. Der Jubel war abgeebbt. Stattdessen wurden nun Gegenstände bewegt und dabei viel geredet und diskutiert. Überall stampften Füße über die Planken und kurz darauf auch über die Niedergänge nach unten.

fight Kampf
wretched jämmerlich
coward Feigling
lawless gesetzlos
cutlass Entermesser
throat Kehle
stowaway blinder Passagier

"Any landlubber gentlemen or other **wretched cowards** down here?", rief eine krächzende Stimme. Im Wort *gentlemen* schwang offene Verachtung mit. "Show yourselves if you dare! Or make me find you and feel **Lawless** Ron's **cutlass** at your **throats**!"

Die letzten Worte hallten noch durch den Raum, da ragte schon eine schauerliche Gestalt vor ihnen empor, ein großer, bulliger Mann mit zerrissenem Hemd und einem Entermesser in der Hand. Sein zerfurchtes Gesicht entstellte eine breite Narbe auf der Wange und seine Nase schien wie einseitig plattgedrückt, als wäre sie nicht nur einmal im Kampf zerschmettert worden.

"Aha! What have we here?", rief das Ungetüm triumphierend, so als hätte er nichts anderes erwartet. "Playing **stowaways**, eh?" Mit einem einzigen groben Handgriff riss er die Decke zurück. Mattis sah eine breite, dunkelrote Bahn von verschmiertem Blut an seinem sehnigen Unterarm. "Or are ye some more **aristocratic jellyfish** trying to **escape** your **fate**?"

"No, no sir", stammelte Terry. "We're the ship's boys."

Der Mann zog Terry an den Haaren auf die Beine und lachte ihm laut ins Gesicht. "Whatever you are, boy, I'm sure you're happy to meet old Lawless Ron Edward, aren't ye?" Er lachte noch lauter. "Up on deck with the two of you!" Mit der anderen Hand griff er Mattis am Revers und schubste beide Jungs in Richtung Niedergang. "We'll let the captain decide who you are!"

Einige Schubser später erreichten sie die Stufen und kurz darauf standen sie an Deck.

Auf der Pacific Challenger war alles anders als zuvor. Die Piraten hatten das Kommando.

aristocratic adlig
jellyfish Waschlappen
to escape one's fate seinem Schicksal entgehen

Ein neuer Kapitän

Das Großsegel lag als wulstiger Haufen Leinwand mit zerborstenem Rah auf dem Deck, die übrigen Segel waren aufgerollt oder flatterten wirkungslos in der warmen Brise. Das Schiff war in den Wind gestellt und bewegte sich nicht mehr vom Fleck. Der vorangegangene Kampf hatte überall deutliche Spuren hinterlassen. Dazu fanden sich Mattis und Terry von einer Meute gefährlich aussehender Männer umgeben. Sie saßen auf dem Deck oder standen entspannt gegen Schanzkleid und Masten gelehnt. Fast alle trugen Waffen – Entermesser, Musketen oder Pistolen – oder hatten diese neben sich auf den Boden gelegt. Einige blickten kurz herüber, als die Jungs an Deck gedrängt wurden, schienen sie aber nicht weiter zu beachten.

swab Deckschrubber
Feed 'em to the fish! Werft sie den Fischen zum Fraß vor!
foredeck Vorderdeck
to see to sb sich um jdn kümmern
remaining restlich
crew Besatzung

"Look what I found hiding with the pigs!", rief Lawless Ron Edward, wie der Mann, der sie aus ihrem Versteck geholt hatte, offenbar genannt wurde, in die Runde. Damit zogen sie deutlich mehr Aufmerksamkeit auf sich. Die Folge war ein höhnisches Gegröle von den herumstehenden Männern. "Ho, two more of the wretched **swabs**!", rief einer und "**Feed 'em to the fish**!" ein anderer.

"Where's the captain?", schob Lawless Ron nach.

"On the **foredeck**, **seeing to** the **remaining crew**", antwortete jemand.

"Look, Terry, there's Captain Blunt", sagte Mattis halb geflüstert mit Blick nach vorne Richtung Schiffsbug. "And Mr Carter." Die beiden standen zusammen mit einer Handvoll Matrosen der Pacific Challenger und den drei Wissenschaftlern auf dem Vordeck. Sie sprachen mit einem der Piraten, der sich durch seine elegante Kleidung schon aus der Ferne von den übrigen Kaperern abhob.

"That must be the other captain", meinte Terry.

"Yes, could be", erwiderte Mattis.

In dem Moment löste sich der Pirat aus der Gruppe und kam mit breitbeinigem Gang auf sie zu.

"Any more **below**, Mr Edward?", fragte er in unerwartet förmlichem Ton, als er sie erreichte.

"**Nay**, **Cap'n**, just these two **youngsters**", antwortete Lawless Ron. Es war also tatsächlich der Anführer. Er trug einen großen, schwarzen Hut mit an drei Seiten nach oben geklappter Krempe. Ein dicker, fast leuchtend roter Zopf hing ihm bis tief in den Nacken herab und sein kurz geschorener, dichter Bart, so rot wie die Haare, verdeckte tiefe Falten in der sonnengegerbten Haut. Mit einem merkwürdig durchdringenden Blick musterte er intensiv die beiden Jungs.

"You're only boys", sagte er endlich.

"No, we're not, we're sailors!", gab Terry beherzt zurück.

"Ha!", stieß der Mann aus. "I like this lad. He **speaks** his **mind**."

below unter Deck
nay = no
Cap'n = Captain
youngster Junge
to speak one's mind seine Meinung sagen

"Sitting with the pigs, they were!", warf Lawless Ron ein. "They smell like pigs, too." Daraufhin kam wieder spöttisches Gelächter von den Umstehenden. "Throw 'em overboard like the other cowards, I say!"

"You smell like a pig yourself!", schrie ihn Terry an.

"Careful what you say!", fauchte Lawless Ron zurück und legte eine Hand drohend auf den Griff seines Entermessers.

Mattis war nicht so mutig wie Terry. Er fürchtete um sein Leben und wandte sich nervös zur Seite. Erst jetzt nahm er das steuerbords liegende Piratenschiff richtig wahr, das fest mit der Pacific Challenger vertäut war. Dazu hatten sich an mehreren Stellen im Schanzkleid der Pacific Challenger Enterhaken ins feste Holz gebohrt und mittschiffs in die Reling verkantet. Zwei Planken überbrückten die schmale Lücke zwischen den beiden Schiffskörpern.

Der Captain bemerkte nichts von Mattis' Angst. Er schien sich vielmehr über den vorangegangenen Wortwechsel mit Terry zu amüsieren. "May I introduce myself, my young squires?", sagte er schließlich. Die Höflichkeit war erkennbar gespielt und rief zusätzliche Heiterkeit bei den anderen Piraten hervor. "Mills – my name is Jonathan Mills. You **may** call me Captain", sprach er mit getragener Feierlichkeit. "**For as long as** these **scoundrels** do, **that is**", fügte er grinsend hinzu und schwang den Arm in weitem Bogen um sich. Er meinte seine Piratenmannschaft, die nun wieder geschlossen in schallendes Gelächter ausbrach.

may dürfen
for as long as solange
scoundrel Schurke
that is jedenfalls

"What's your name, boy?" Nun aber war der Spaß wohl vorbei.
"Terry."
"And you?"
"My name's Mattis."
"And you were sitting with the animals, were you?", sagte Captain Mills. "Well then, you might be useful – if you like animals." Beim letzten Satz verzog er den Mund zu einem schwer durchschaubaren Schmunzeln und erntete erneut dröhnendes Gelächter.
"What do you think, Mr Edward?", fragte er. Und ohne auf dessen Antwort zu warten, fügte er an: "Well, we'll see what the boys want **presently**. Let's **take care of** those gentlemen on the foredeck first."
Damit ließen sie die beiden Jungs stehen und gingen zusammen zurück zu Captain Blunt und den anderen.
"What does he mean by *what the boys want*?", fragte Terry.

presently bald
to take care of sb sich um jdn kümmern
it's your choice es liegt an dir
free will freier Wille
to be after sth es auf etw abgesehen haben

"He means that it's in your own hands, son", sagte eine beruhigend wohlbekannte Stimme.
"Samuel!" Die Jungs freuten sich, ihn zu sehen. "Are you alright?"
"Aye, boys, I'm fine." Er grinste zufrieden.
"What's going on? And what's going to happen?", wollte Terry wissen.
"Well, son, as the captain just said – whatever you want. **It's your choice**, your own **free will**", war die geheimnisvolle Antwort. "These men here **are** only **after** the gold. If you **cooperate** they won't **harm** you."

"Gold?" Terry wunderte sich.

"Ships like the Pacific Challenger always carry plenty of gold on board, for **provisions** in the ports. They just don't tell the sailors about it", meinte Samuel augenzwinkernd. "And there's **valuable equipment**, **scientific apparatus**, on this vessel too", fuhr er fort. "You can **fetch** many **guineas** for that in Nassau and **elsewhere**."

to cooperate mitspielen
to harm sb jdm etw zuleide tun
provisions Proviant
valuable wertvoll
equipment Ausrüstung
scientific apparatus wissenschaftliches Gerät
to fetch erzielen
guinea Guinee
elsewhere anderswo
to try one's luck sein Glück versuchen
shallop Schaluppe

Während er sprach, war deutlich zu vernehmen, wie auf dem Vordeck lautstark verhandelt wurde. Verstehen konnten sie nichts, aber Captain Blunt erhob immer wieder die Stimme. Captain Mills gab dagegen langgezogene Lachsalven von sich, die bis in die letzten Winkel des Schiffs drangen.

"What do you mean – our own choice? Our free will?" Diesmal fragte Mattis. "Where are all the others, anyway? The rest of the crew?"

"And Captain Blunt and Mr Carter on the foredeck? What's going on there?", ergänzte Terry.

"Cap'n Blunt and the gentlemen will have to **try** their **luck** in the **shallop**", sagte Samuel, nicht ohne einen Anflug von Schadenfreude. "The others had the choice. Just as you have too."

Es gab viele Fragen, aber vorerst nur wenige Antworten. Später erfuhren Mattis und Terry immerhin, dass die meisten Matrosen und mit ihnen der Großteil der

Marinesoldaten lieber den ungewissen Sprung ins Meer gewagt hatten, als sich den Piraten auszuliefern. Sie hatten wohl gehofft, sich irgendwie nach Cat Island retten zu können, auch wenn gute Schwimmer unter den Seeleuten eher die Ausnahme waren und viele sich mehr schlecht als recht über Wasser halten konnten. Wie viele es tatsächlich geschafft hatten, wusste niemand. Und den Piraten war das auch herzlich egal.
"Anybody else?", rief Captain Mills über das ganze Deck.
Während die Herren bereits die Jakobsleiter hinunterstiegen, kam Lawless Ron noch einmal zurück; Mills hatte ihn mit einer Armbewegung auf den Weg geschickt.
"And you?", herrschte er die Jungs an.
Mattis und Terry wichen instinktiv ein Stück zurück und blickten verwirrt um sich. Was wollte er nur?
Nach kurzem Zögern sagte Samuel: "They're staying here."
Lawless Ron schnaubte durch die Nase und machte sich davon; im Fortgehen rief er Richtung Vorschiff: "Nay Cap'n, nobody else!"

godforsaken
gottverlassen

Mattis schaute ihm entgeistert hinterher. "What?"
"Aye, son", sagte Samuel. "You're with us now."
Mattis verstummte und Terry schluckte hörbar. "With the pirates?"
"Would you prefer to join good Mr Blunt?", fragte Samuel zurück. Zum ersten Mal sagte er nicht *Captain Blunt*, sondern *Mr Blunt*. "Or would you like to swim? And be the cannibals' dinner on that **godforsaken** island over there?" Er deutete mit dem Kopf übers Meer nach Cat Island und lachte. "Your own free will, lads."

Während sie sprachen, entfernte sich die Schaluppe mithilfe der Ruder von ihrem Mutterschiff. Das Segel wurde gehisst und das kleine Boot nahm langsam Fahrt auf. An Bord saßen etwa fünfzehn, vielleicht zwanzig Mann – Captain Blunt, die Wissenschaftler und die wenigen, die aus Treue zu ihm hielten oder aus Pflichterfüllung oder Angst mitgingen.

Also gut, dachte sich Mattis. Bei den Piraten zu bleiben war immer noch besser als in der Nussschale bei Kapitän Blunt zu sitzen. Und die Insel schien definitiv auch zweite Wahl.

"Are there really cannibals on these islands?", fragte er sicherheitshalber.

Samuel klopfte ihm wohlwollend auf die Schulter. "Here comes your new captain", sagt er nur.

Man your posts! Alle Mann auf ihre Posten!

"**Man your posts**!", rief der auch gleich hinaus. Der Befehl wurde mehrfach in alle Richtungen wiederholt und galt, wie es schien, für beide Schiffe.

Sofort setzte eine überraschende Geschäftigkeit ein. Offensichtlich war alles gut organisiert und vorher abgesprochen. Lawless Ron Edward teilte Kommandos aus und die neue Mannschaft der Pacific Challenger ging an die Arbeit. Die noch intakten Segel wurden gesetzt und das Schiff klargemacht.

"You're coming with me", sagte Captain Mills zu den Jungs. Energisch schritt er über eine der ausgelegten Planken. "I have a job for you on board the Bloody Mary", meinte er.

Mattis sah Terry fragend an, aber der hob nur die Augenbrauen.

Etwas beklommen folgten sie dem Captain auf sein Schiff. Es war eine einmastige Sloop, wie sie in diesen Gewässern oft eingesetzt wurden. Sie war also nur wenig mehr als halb so groß wie die Pacific Challenger, aber schnell und wendig, ein ideales Piratenschiff.

"Bloody Mary?" Mattis versuchte, möglichst leise zu sprechen. "That's a strange name for a ship, isn't it?"

Terry flüsterte: "Yeah."

"**Not at all**, young man!", rief Captain Mills nach hinten. Er lief wie in großer Eile vor ihnen her, hatte die Bemerkung aber trotzdem gehört. "**In fact**, it's a very **apt** name for a ship of our **trade**", erklärte er in einem majestätischen Ton, während seine schweren Stiefel rhythmisch krachend auf dem Deck niedergingen. Am Ziel angekommen, sah er die Jungs finster an und fügte noch hinzu: "We're not in the **Royal Navy**, you know!"

Dann drehte er sich zu einem breiten, dunkelhaarigen Mann mit nacktem Oberkörper, der gerade die Fallen des Großsegels festgemacht hatte: "Show these sailors our little passengers, please, Mr Muchacho!"

"Aye aye, Cap'n", erwiderte der Angesprochene.

Kaum waren sie unter Deck, hörten sie laut rufende Stimmen, dazu die Geräusche von Stiefeln und nackten Füßen auf den Schiffsplanken, von Segeltuch, Leinen und knarrendem Holz. Die Bloody Mary tat einen leichten Ruck und setzte sich in Bewegung.

"My name's Fernando", sagte der Pirat, dem sie nach unten gefolgt waren. "**Eagle Eye** Mills calls me Mr

not at all keinesfalls
in fact eigentlich
apt passend
trade Gewerbe
Royal Navy Königliche Britische Marine
eagle eye Adlerauge

Muchacho because I'm Spanish." Die zahllosen Tätowierungen auf seinen muskulösen Armen glitzerten bunt unter dem feuchten Schweiß.

"Eagle Eye?", meinte Mattis fragend.

liking Vorliebe
to be on the lookout for sth nach etw Ausschau halten

"Aye, that's what we call him – Captain Eagle Eye Mills", antwortete Fernando. "He has a **liking** for birds, you know. Especially big ones. Very big ones ..." Es klang nicht so, als würde er die Leidenschaft des Captains teilen. "And he's always **on the lookout for** them, like a hungry eagle."

"Oh." Mattis schaute unschlüssig zu Terry hinüber. Der zog nur unwissend die Schultern hoch.

"You'll understand soon enough", sagte Fernando, während er sich durch das Halbdunkel nach achtern vorarbeitete. Schon nach wenigen Metern war den Jungs klar, was sie dort erwartete; unüberhörbar kreischten Vögel im hinteren Teil des Raumes, viele Vögel. Es waren Papageien, etliche verschiedene Arten in unendlich vielen Farben. Zu Hunderten saßen sie zusammengepfercht in mehreren großen Käfigen, die bis zu den Bohlen des über ihnen liegenden Oberdecks reichten, und flatterten geräuschvoll mit den Flügeln.

"And these are the parrots." Fernando stellte sich mit verschränkten Armen vor den überfüllten Volieren auf. Von der Seite blickte er die neben ihm stehenden Jungs an: "I hope you like birds?"

Treffpunkt Crooked Island

"Are we pirates now?", fragte Mattis, nachdem Fernando sie vor den Vogelkäfigen allein gelassen hatte.
"I think so", meinte Terry vorsichtig.
Mattis fummelte nervös an seiner Mütze herum, die er die ganze Zeit fest in der Hand gehalten hatte.
"I don't know", sagte er. "We could be **prisoners** too."
"No, I don't think so. But **either way**, Samuel was right. This is better than going with Captain Blunt."
"Well, yes", stimmte Mattis zögernd zu.
"And they're not really treating us like prisoners. They've given us a job."
"Aye. That's true."
Nun also waren sie Piraten, wenn auch mehr durch Schicksal als durch eigenen Antrieb. Sie fuhren auf einem neuen Schiff, sie dienten einem neuen Kapitän und sie hatten eine neue Aufgabe: sich um die Papageien an Bord der Bloody Mary zu kümmern. "At last, someone to feed these **horrid** creatures", hatte Fernando noch bemerkt, bevor er an Deck gegangen war. Er schien sich gefreut zu haben, dass nun jemand anderes die Aufgabe übernehmen würde.
Die Papageien waren ein gutes Zusatzgeschäft für die Piraten. Sie fingen sie auf den Inseln ein und verkauften sie für viel Gold in Nassau. Von dort wurden sie dann als exotische Haustiere für Adlige und Wohlhabende nach Europa verschickt.

prisoner Gefangener
either way so oder so
horrid abscheulich

Doch Captain Mills trieb eigentlich etwas anderes an, etwas, das ihm weit mehr bedeutete als alles Gold der Welt. Seit Jahren schon, so hatte Fernando erzählt, war er auf der Suche nach einem ganz besonderen Vogel – einem monströsen Riesenvogel, dessen Flügelschlag Stürme verursacht, der Menschen frisst und der ganze Schiffe in seinen Krallen erbeutet und davonträgt: dem sagenumwobenen Donnervogel.
"Aye, the **thunderbird**. That's the captain's **pursuit**!", waren Fernandos Worte. "Some say he **traded** his soul with the devil. And some say he's **out of** his **mind**."

Zwei Tage später lagen Mattis und Terry im warmen Sand und blickten nachdenklich in den wolkenlosen Himmel. Nach dem Überfall auf die Pacific Challenger hatte sich die etwa vierzig Mann starke Piratencrew aufgeteilt und war mit beiden Schiffen nach Crooked Island gesegelt. Heute am frühen Morgen hatten sie ihr Ziel erreicht und seitdem lagen die Schiffe in der Bucht vor Anker. Der Plan war, alles Wertvolle an Bord des Forschungsschiffs auf die Bloody Mary umzuladen und die Pacific Challenger dann in Brand zu setzen. Die Royal Navy würde bestimmt nach ihr suchen, sollte sie aber nicht finden.

thunderbird Donnervogel
pursuit Streben
to trade eintauschen
to be out of one's mind verrückt sein

Inzwischen war es längst später Nachmittag, das mühselige Aus- und Umladen dauerte bald den ganzen Tag und die Jungs genehmigten sich eine Pause.
"I wonder what happened to Captain Blunt", fragte sich Terry laut denkend.

"I **don't care** much **about** him, I must say", meinte Mattis.
"Aye, you're right. We needn't worry about *that* captain. But what do you think about *this* captain?"
"Well, he does act strangely sometimes."
"Yeah. And his idea of the giant thunderbird – that's very odd."
"I heard from one of the men that there are nets on board. Very big nets. Down below somewhere."
Terry zog die Augenbrauen hoch: "What? For the bird? No!"
"Aye, that's what he said. Nets to catch the bird in. But if that bird is as big as the captain says, then it's too big for any nets."
"Well ..." Dazu fiel Terry nichts mehr ein.
Mattis auch nicht. Er konnte nur weitergeben, was er gehört hatte: "You know Port Royal, don't you?"
"Yes, on Jamaica. It was destroyed by an **earthquake**, or a **giant wave** or something, about twenty years ago, wasn't it?"
"Mills says it wasn't an earthquake. He thinks the thunderbird did it. The bird caused the giant wave with the **beat** of its **wings**, so the captain says."
"Really?"
"Well, that's what the **crewman** told me."
Während sie sprachen, blickten sie auf die Bucht hinaus, wo gerade ein frisch aufgefülltes Wasserfass an Bord der Bloody Mary gehievt wurde. Der Besuch auf Crooked Island diente auch dazu,

to care about sb sich um jdn kümmern
earthquake Erdbeben
giant wave Riesenwelle
beat Schlag
wing Flügel
crewman Besatzungsmitglied

Proviant für die Weiterfahrt aufzunehmen. Hin- und hergeschafft wurde alles in den zwei Beibooten, dem der Bloody Mary und der kleinen Gig, die der Pacific Challenger nach dem Aussetzen von Captain Blunt noch geblieben war.

Terry schaute den Arbeiten auf dem Wasser zu, war innerlich aber mit seinen Gedanken über ihren neuen Captain beschäftigt: "You know, when I came **ashore** this morning he wouldn't allow thirteen men in the **longboat**", sagte er. "Twelve men were fine, he said, and fourteen as well. But thirteen? **On no account**!"

Mattis stand auf und putzte sich mit der Hand den Sand von der Kleidung. "Well, thirteen **certainly** is an **unlucky number**."

"Oh, you don't believe that, do you?", protestierte Terry, während er seine Schuhe suchte.

Nachdem er sie gefunden hatte, kam er auf eine andere Frage zu sprechen, die sie beide beschäftigte: "I'm not too **fond of** Lawless Ron, you know."

"Nay", stimmte Mattis zu. "He'd like to **take** Captain Mills' **place**, that's what I think."

"And he doesn't like us much, does he?"

"No, I don't think he does. But I don't like him either."

"Ah, there's Samuel", unterbrach Terry den Gedankenaustausch.

"Come on, **there's work to be done**!", rief der schon

ashore an Land
longboat Langboot
On no account! Auf keinen Fall!
certainly sicherlich
unlucky number Unglückszahl
to be fond of sb jdn mögen
to take sb's place jds Platz einnehmen
There's work to be done! Es gibt viel zu tun!

von Weitem, während er über den Strand auf die Jungs zugestapft kam.
"It's your turn to get **supplies**", sagte er, als er sie erreichte. "And I'm coming with you."
Es ging also in den Wald, der hier auf der tropischen Insel mehr ein Dschungel war, um Wasser zu holen und Früchte zu sammeln.
"I've got the water bags", ergänzte Samuel. Um die Ernte von den Bäumen zu holen, hatte er auch Entermesser mitgebracht, und in seinem Gürtel steckten zwei Pistolen. "**Just in case**."
"Aye, let's go!"
Im Dickicht des Waldes leisteten die Macheten gute Dienste. Mit kräftigen Schlägen ins Gebüsch ging Samuel voran und bahnte ihnen einen Weg durch das Gestrüpp. Schon bald wurde der Wald aber lichter und sie erreichten eine Gruppe von fremdartigen Bäumen mit noch fremdartigeren Früchten, die aussahen wie übergroße Äpfel, halb rot, halb grün. Sie hingen nicht sehr hoch und waren leicht erreichbar.
Während sie eifrig ihren Fund einsammelten, sagte Samuel ganz unerwartet ernst: "Lads, **beware of** the man they call Lawless Ron Edward. Cap'n Mills, aye, he's a man of culture and a man of **learning**. But not so Ron Edward."
"He'd like to be the captain, wouldn't he?", fragte Mattis. Er wollte eine Bestätigung dessen, was er über Lawless Ron dachte. Und er bekam sie.
"Aye, my boy, he would", antwortete Samuel. "But it's the

supplies
Proviant

Just in case.
Sicher ist sicher.

to beware of sb
sich vor jdm hüten

learning
Bildung

crew that decides that. We say who's to **be in command**, and nobody else."

"So the crew **elects** the **commander**?"

to be in command das Kommando führen
to elect wählen
commander Anführer
shrewd gewitzt
just gerecht

"Aye son, they do – we do! We freely choose who's to be captain!" Samuel hatte sich auch innerlich den Freibeutern angeschlossen. Längst war er mit Leib und Seele einer von ihnen.

"Cap'n Mills might be a bit strange. But he's a **shrewd** cap'n. And a **just** commander, I say."

Mit einem ungestümen Säbelschlag holte er noch die letzte Frucht vom Baum und kam zum nächsten praktischen Punkt: "Right! Let's fill those water bags and get back to the ship."

Von seinem ersten Gang in den Dschungel wusste Samuel schon, wo sie einen kleinen Bach mit Frischwasser finden konnten. Der war schnell erreicht und die Wasserbeutel waren ebenso schnell gefüllt. Nach kaum einer Stunde trat die kleine Truppe wieder aus dem Gestrüpp hervor und auf den Strand hinaus. Dort aber erwartete sie eine Überraschung.

"Hey, look! Another ship!", rief Mattis.

In der Bucht befanden sich nun drei Schiffe. Eine zweite Sloop war dazugekommen und ging gerade vor Anker.

Die Jungs ließen Samuel am Waldrand hinter sich und rannten, die von Früchten überquellenden Taschen im Arm, zum Wasser hinunter, um einen besseren Blick zu haben. Dort auf dem Strand hatte sich schon ein Teil der übrigen Mannschaft niedergelassen. Der Abend nahte und damit der vergnügliche Tagesabschluss. Über dem Feuer hing eines der Schweine von der Pacific Challenger, aufgespießt in einem hölzernen Gestänge. Es floss auch bereits reichlich Rum.

Mattis bemerkte Fernando, der die neu angekommene Sloop betrachtete. "What vessel is that?", fragte er ihn.

"That's the Tortuga, matey", gab der bereitwillig Auskunft.

"With Cap'n Wolfskin still in command?", wollte Samuel wissen, der unterdessen mit den Wasserbeuteln dazugestoßen war.

"Aye, Bruce Wolfskin", sagte Fernando. "She's still his ship, the Tortuga is."

"Aha", sagte Mattis. Er hatte keine Ahnung, über wen die beiden Männer sprachen. Terry stand schweigend daneben und kratzte sich ratlos am Kopf. Samuel bemerkte die Geste und klärte die Jungs auf: "Everybody knows Cap'n Wolfskin, lads. He and our **skipper** are **among** the **best known** and most **dreaded buccaneers** in this part of the world."

skipper Kapitän
to be among gehören zu
best known bekannteste
dreaded gefürchtet
buccaneer Freibeuter
many times oftmals

"And true that is!", warf Fernando ein und genehmigte sich wie zur Bestätigung seiner Aussage einen großen Schwung Rum. Samuel gab noch eins drauf: "**Many times** I've heard the names Mills and Wolfskin, even back in England, I have!", sagte er mit vernehmbarer Anerkennung in der Stimme.

"Throw us some of that fruit, matey!", tönte es aus der Runde, die um das Feuer herumsaß. Die Männer hatten Hunger und das Schwein war noch lange nicht gar.

to get used to sth sich an etw gewöhnen

"Aye aye", rief Mattis zurück und reichte die Beutel mit den gesammelten Früchten hinüber.

"Here's a drink for you, lad!" Mattis nahm einen Schluck Rum, aber das Getränk war gewöhnungsbedürftig. Er spuckte die Hälfte in den Sand. Samuel musste lachen. "You'll **get used to** it, son", sagte er in seiner gutmütigen Art und setzte sich dann zu den anderen.

Ein Passagier für die Bloody Mary

Mattis spürte die warme Morgensonne im Gesicht. Doch kaum hatte er es geschafft, die müden Augen zu öffnen, da klatschte schon ein leerer Wasserbeutel direkt neben ihm in den Sand und eine dunkle Piratenstimme maulte: "Don't ye want to get up, ye lazy swabs? There's work to be done!"

"Okay, okay!"

Damit war Terry ebenfalls wach. Er richtete sich auf und schaute verschlafen auf die Bucht hinaus. "Looks like a busy day."

Draußen auf dem Wasser herrschte bereits geschäftiges Treiben. Schwer beladen pendelten die Beiboote zwischen den Schiffen hin und her. Am Strand waren nur wenige Männer, darunter auch Samuel, der sich ein Stück weiter mit einigen Kisten beschäftigte.

Die Jungs standen auf und nahmen sich zum Frühstück von dem Schweinefleisch, das auf Unterlagen aus großen grünen Blättern im Sand liegen geblieben war. Die Reste des Feuers vom Abend zuvor schwelten lautlos vor sich hin. Überall lagen die Zeugnisse des Festes verstreut. Die ganze Nacht lang hatten die Mannschaften der beiden Sloops gemeinsam ihr wildes Trinkgelage gefeiert. Mattis und Terry hatten nicht lange mithalten können, sie waren schon bald auf dem Strand eingeschlafen.

Terry schaute auf die Wasserbeutel vor ihm im Sand: "I suppose we have to go and get more water."

"Yes, that's what it looks like." Schmatzend deutete Mattis auf Samuel, der nun auf sie zukam.
"Good morning, Samuel!", begrüßte ihn Terry.
"Morning, lads!" Samuel kam gleich zur Sache: "Time for the jungle again. We need more water. Ready?"
Wie gestern schon gingen die drei also in den Wald, die noch leeren Proviantbeutel locker über die Schulter geworfen. Sie nahmen den gleichen Weg, der war schon bekannt und dank ihrer Vorarbeit jetzt auch leichter begehbar. Mattis überlegte, ob der Captain Samuel wohl als Aufpasser für sie abkommandiert hatte. Oder verbrachte er aus eigenem Antrieb so viel Zeit mit ihnen? Er wusste es nicht, wollte aber auch nicht fragen.
Während sie durch den Dschungel gingen, berichtete Samuel die Neuigkeiten. "We've got a passenger on the Bloody Mary **as of today**, you should know." Es hatte ein Tauschgeschäft zwischen Captain Mills und Captain Wolfskin gegeben, erzählte er weiter. Die Crew der Tortuga bekam die wissenschaftlichen Instrumente von der Pacific Challenger und die Bloody Mary im Gegenzug dafür einen Sklaven. Der würde weniger Platz beanspruchen, war die Begründung, denn unter Deck war schon fast ein Drittel des verfügbaren Raumes von den Papageien belegt.
"He'll bring in good money in Nassau", erklärte Samuel.
"He must be black, then, if he's a **slave**?", meinte Mattis.
"Aye, black as **soot**!"
"I've never seen a black man."
Samuel lachte. "Well, you will soon. But

as of today ab heute
slave Sklave
soot Ruß

don't worry, they're just like us. Just black **instead of** white." Er schnaufte kurz, als ihm ein blättriger Ast übers Gesicht wischte. Dann lachte er noch einmal. Diesmal klang es reichlich bitter. "There's **talk among** the crew", sagte er. "Some are saying the captain wants to use him as **bait**." In seinem Tonfall lag unverhohlene Missbilligung.

"Huh? Bait?" Das verstanden die Jungs nicht.

"Arrr, that thunderbird of his! Mills thinks he can use the slave to **lure** a **non-existent** giant bird", wetterte Samuel. Er zählte offenbar zu denen, die Mills' Vorstellung vom Donnervogel nicht sonderlich ernst nahmen.

"Really? That can't be true ..."

"But it is, lad. I **respect** Captain Mills as a man and as a commander. But the thunderbird? **Damned** crazy if you ask me!"

Es schien, als wandelte sich Samuels Meinung über den Captain allmählich.

"So he is mad after all, as some say?"

"Ah, who knows?" Das wusste Samuel auch nicht. Aber er wusste, was er wollte: "I think we should sell the slave **as soon as possible**. It's money we want, not giant birds that nobody has ever seen."

Samuel ärgerte sich offenbar sehr, und bis sie mit ihrer Ladung wieder den Strand erreichten, sprach er, abgesehen von ein paar unverständlichen Flüchen, nur noch das Nötigste. Dort angekommen, warf er seine vollen Wasserbeutel mit kräftigem Schwung in den Sand.

instead of statt
talk Gerede
among hier: in
bait Köder
to lure anlocken
non-existent nicht existierend
to respect sb jdn respektieren
damned verdammt
as soon as possible so bald wie möglich

to calm down
sich beruhigen

"These have to go on board", sagte er knapp und stiefelte davon.

"Hm", meinte Terry etwas verstört.

"It'll be alright. He'll **calm down**, I'm sure. Let's just wait for the boat."

Viel mehr konnten sie ohnehin nicht tun. Also stillten sie erst einmal ihren Hunger an der Ausbeute des Sammelgangs im Wald. Es war schon weit nach Mittag. Während sie im Sand saßen und warteten, legten andere Mannschaftsmitglieder zusätzlichen Proviant bei ihnen ab; ihre Gruppe war nicht als einzige im Wald unterwegs gewesen.

"Take these bags on board, will you?", fragte einer.

"Aye, of course."

Bald hatte das Warten ein Ende. Zwei Männer kamen in der Gig an den Strand gerudert. Sie packten ihre Ladung Rum für den Abend in den Sand und nahmen die Jungs mit dem frischen Nachschub zurück zur Bloody Mary.

An der Schiffswand stiegen sie über die Jakobsleiter nach oben, legten ihre Beutel ab und standen plötzlich dem neuen Passagier gegenüber. Die Piraten hatten ihn neben dem Mast in einen mannshohen Käfig aus Holz und Bambus gesperrt. Dort saß er auf dem Boden, die Beine durch die Stäbe nach draußen gestreckt.

"Careful with the black boy", sagte einer der Männer, die sie herübergebracht hatten. "He's evil." Er sah misstrauisch in Richtung des Gefangenen. Der blickte ausdruckslos zurück. Doch als der Mann versuchte, in einem möglichst großen Bogen an ihm vorbeizuschlüpfen, sprang er ohne jede Vorwarnung in seinem

Käfig auf die Beine und begann, laut um sich zu schreien. Er zuckte unkontrolliert am ganzen Körper und stieß die merkwürdigsten Töne aus, zuerst kurz und heftig, dann in gleichförmigen langen Folgen. Sie klangen wie Verwünschungen oder Beschwörungen in einer unbekannten magischen Sprache. Tiefe, gurgelnde Geräusche kamen aus seiner Kehle. Dazu rollte er mit den großen weißen Augen, streckte die Zunge weit heraus und fletschte die Zähne, die neben seiner schwarzen Haut noch weißer erschienen als die Augäpfel. Der Pirat ergriff panikartig die Flucht, als wäre er dem Teufel persönlich begegnet.

Mattis wollte auch schon vor Schreck davonlaufen, doch Terry hielt ihn zurück. Der Sklave stand nun ganz ruhig in seinem Gefängnis, umfasste mit den Händen die Bambusstäbe und lachte sie an. Er hatte wohl viel Spaß an seiner Vorstellung gefunden, und an der Angst des Piraten. Erst jetzt bemerkte Mattis, dass er in ihrem Alter war, Mattis schätzte ihn auf dreizehn oder vierzehn, höchstens fünfzehn Jahre.

"Hello", sagte der Junge in ganz normalem Ton. "It's a joke. But don't tell anyone." Er grinste schelmisch.

"Er ..., hello", antwortete Mattis etwas mühsam. Dann musste er unweigerlich auch lachen.

Sie näherten sich dem Käfig, der gerade groß genug war, dass der Junge ohne Probleme darin stehen konnte.

"I'm Jerome", sagte er. "Everybody calls me Jo, that's shorter. And you?"

Mattis und Terry stellten sich ebenfalls vor.

"Where are you from?", wollte Mattis dann wissen.

Bevor Jerome antworten konnte, polterte eine raue Stimme lauthals dazwischen. Es war Lawless Ron Edward, der mit stampfenden Schritten vom Achterdeck kam und sie schon von Weitem anbrüllte: "Arrr, our young men, **getting friendly with** that **useless** slave, eh? Good for **the three of you** that I don't **have** my **way**. Yet."

to get friendly with sb sich mit jdn anfreunden
useless nutzlos
the three of you euch dreien
to have one's way den eigenen Willen durchsetzen können
obviously offensichtlich
to beat sb up jdn verprügeln

Verängstigt wichen die Jungs zurück. "We should see to the parrots", presste Terry zitternd heraus. Damit verschwanden sie eilig unter Deck.
Während sie den Papageien das ihnen zustehende Futter verabreichten und die verschmutzten Käfige säuberten, hörten sie durch die Planken über ihnen, wie Lawless Ron fluchend und schimpfend auf dem Oberdeck herumtrampelte.
"He doesn't like Jo, I think."
"Nay, **obviously** not. Hope he won't **beat** him **up.**" Mattis hatte noch einige frisch gefüllte Wasserbeutel gefunden, die jemand unter Deck abgelegt hatte, und leerte sie in den großen Sammelbottich.
"Let me help", sagte Terry und packte mit an.
Als sie fertig waren, horchte Mattis nach oben. Es war nichts mehr zu hören.
"And now what?"
"I think he's gone."
Als die Jungs wieder an Deck kamen, war Lawless Ron tatsächlich verschwunden.
"What do you think? Shall we stay on board tonight?", fragte Mattis mit einem Seitenblick auf Jerome, der in

seinem Käfig sitzend vor sich hindöste. Die Alternative wäre gewesen, abermals die Nacht mit den anderen an Land zu verbringen.
Terrys Antwort kam prompt: "Yeah, let's stay here." Dann ging er zu den Beuteln, die prall gefüllt mit der Ernte aus dem Wald noch am Decksrand lagen. "He must be hungry", sagte er, holte eine besonders schöne Frucht hervor und bewegte sich hinüber zu Jerome.
"Jo? Would you like some fruit?"
Jerome erwachte aus seinem Halbschlaf und stand auf: "Oh?" Er schien überrascht. "Yes. Thank you."
Im selben Augenblick knarrte achtern die Tür, die zu den Kajüten führte, und Lawless Ron trat hervor. Als er sah, was mittschiffs vor sich ging, lief er erneut entsetzliche Flüche ausstoßend zu der Dreiergruppe am Mast.
"What do you think you're doing here, ye **scurvy dogs**!", schrie er wutentbrannt und versetzte dem Käfig einen heftigen Tritt. Die Frucht fiel Jerome aus der Hand und kullerte übers Deck. "That fruit's for the crew, not for slaves!" Er knallte seinen Fuß auf das am Boden liegende Obst, dass ihm der Saft bis ins Gesicht spritzte. "Come on, **off we go!**", herrschte er Mattis und Terry an, während er sich mit der Hand die Wange abwischte und dann auf den Boden spuckte, direkt neben Jeromes Käfig. Er schob die beiden hinüber ans Schanzkleid, wo die Jakobsleiter über die Schiffswand herabhing. "We're going on land. There are two men **on watch** for the night, that's enough." Dann drängelte er die Jungs hinunter in die an der Leiter festgebundene

scurvy dog
räudiger Hund
Off we go!
Auf geht's!
to be on watch
Wache haben

Gig. Er wirkte so bedrohlich, dass sich weder Mattis noch Terry zu widersprechen trauten. Wortlos ruderten sie an Land.

Am Strand hatten sich schon die Mannschaften der beiden Sloops niedergelassen. Auch an diesem zweiten Abend auf Crooked Island herrschte ausgelassene Feierstimmung. Als Festbraten musste das zweite Schwein von der Pacific Challenger sein Leben lassen, das dritte gewann später ein Mann der Tortuga beim Würfelspiel.

to bet (bet, bet) wetten
to be around in der Nähe sein
bounty Beute
spectacle

Mattis und Terry fühlten sich inmitten des ungezügelten Gelages nicht wirklich wohl. Die meiste Zeit saßen sie etwas abseits. Und sie ärgerten sich über Lawless Ron.

"I **bet** he wouldn't have treated Jo like that if Captain Mills had been **around**."

"No, of course not. But look what I've got!"

Terry hatte einen der Proviantbeutel in der Hand. Er zog ihn oben kurz auseinander. Mattis beugte sich hinüber und sah ein großes Stück dunkel gebratenes Fleisch zwischen den Früchten. "For Jo", sagte Terry mit einem listigen Funkeln in den Augen.

Während der Abend in die Nacht überging, steuerte das Fest auf seinen Höhepunkt zu. Es war längst dunkel und der Rum hatte die Männer in beste Laune versetzt, als Captain Mills aufstand und seinen Trinkbecher durch die Luft schwenkte.

"Ah, my friends", rief er über den von mehreren Lagerfeuern erleuchteten Strand. "Let's not forget the Ship of the Crown!"

"Aye, Eagle Eye, she's your **bounty**", rief Captain Wolfskin zurück.
"Nay, she's not." Eagle Eye Mills schwankte sichtlich, während er sprach. "She's the bounty of the sea!" Sein euphorisches Lachen hatte etwas Dämonisches und zog die begeisterte Zustimmung der anderen Männer nach sich.

Schauspiel
His Majesty Seine Majestät
frigate Fregatte

"Who wants to do it? And who'd prefer just to watch the **spectacle**?", fragte er ungestüm mit weit aufgerissenen Augen. Nach einigen hitzigen Verhandlungen darüber, wem die Ehre zukommen sollte, ruderten vier Männer hinaus zur Pacific Challenger. Kurze Zeit später leuchtete es an Bord der stolzen Fregatte an mehreren Stellen hell auf. Am Strand johlten und grölten die Piraten, während die Flammen um sich griffen und das Schiff in einen riesigen schwimmenden Feuerball verwandelten, der die ganze Bucht erhellte.
"There she goes, **His Majesty**'s **frigate**!", rief Mills schadenfroh in die Nacht hinaus, als der ausgebrannte Rumpf schließlich zischend zur Seite sackte, um Funken und Fontänen sprühend im Wasser zu versinken.
An Land folgte ein Trinkspruch dem anderen. Wer jetzt, nach den Unmengen von Rum, noch konnte, stand auf und betanzte singend das Ende der Pacific Challenger als Sieg über die verhasste Obrigkeit. Der Geruch von verbranntem Holz waberte übers Wasser. Hoch oben am sternengespickten Himmel schien der Mond durch die Rauchschwaden hindurch und tauchte die Bucht in ein gespenstisches Licht.

Die Machtprobe

"Here's some water", sagte Terry und reichte Jerome einen Becher. "It's hot in the sun, isn't it?"
Jerome nickte und schüttete das Wasser hinunter.
Noch mit der Morgenflut waren die beiden Sloops in See gestochen, die Bloody Mary mit Kurs auf Nassau. Das Fest auf Crooked Island und vor allem der Rum steckten der Mannschaft noch in den Knochen. Dank der ruhigen See gab es jetzt aber nicht viel zu tun und so dösten die Männer im Schatten der Segel, einige schliefen auch tief und fest und machten sich nur durch ohrenbetäubendes Schnarchen bemerkbar.
"Hungry?", fragte Mattis. Er hatte ein großes Stück Fleisch dabei und begann es auch schon portionsgerecht zu zerteilen. Terry gesellte sich mit Früchten und Wasser dazu.
Sehr zum Unmut von Lawless Ron hatte Captain Mills den Jungs die Aufgabe übertragen, Jerome regelmäßig Wasser und etwas zu essen zu bringen. Der musste jetzt auch nicht mehr in seinem Käfig ausharren, sondern war mit einer dünnen Eisenkette um den Fuß an den Mast gebunden. Das gab ihm ein wenig mehr Bewegungsfreiheit, hatte aber auch zu Verunsicherung bei der Crew geführt. Seine furchterregende Vorstellung am Tag zuvor hatte sich rasch herumgesprochen, und viele meinten, er müsse ein böser Geist sein oder ein Untoter oder zumindest ein Zauberer, wie es unter den gottlosen Schwarzen der Karibik viele gab. Sie hielten seinen Ausbruch für eine Verfluchung und hatten Angst vor ihm.

"That's not a good thing", murmelte einer der Männer gereizt, als er im weitesten Abstand, den das Deck erlaubte, vorbeischlich. "A **demon** like that has **no place** on a good ship."
"Oh, leave him alone!", gab Terry nüchtern Paroli. "And he's not a demon."
"And I say he is! Aye, he's a demon **straight from hell**!", stieß die unverwechselbare Stimme von Lawless Ron hervor, der missmutig die Geschehnisse mittschiffs beobachtet hatte. Angst schien er aber nicht zu haben, denn kurz darauf stand er dicht neben Jerome und schaute ihm mit eisernem Blick direkt ins Gesicht.
"He'll bring us **heavy winds** and **misfortune**", sagte er, ohne die Augen von Jerome zu nehmen. Dann drehte er sich um und rief übers gesamte Deck: "**Mark me**, men, the black boy is our **downfall**."

demon Teufel
to have no place nichts zu suchen haben
straight from hell direkt aus der Hölle
heavy wind starker Wind
misfortune Unglück
Mark me! Merkt euch meine Worte!
downfall Untergang
doom Verderben
reckless leichtsinnig

"That's not true!", versuchte Mattis eine eher hilflose Verteidigung.
Die erhobenen Stimmen ließen aufhorchen und bald standen mehrere Männer um den Mast herum. "Aye, aye – misfortune! Our **doom**!", grummelte es mehrfach aus ihrer Mitte. Samuel stand auch dabei und trat jetzt zur Rettung hervor: "The boy's just a slave", sagte er für alle hörbar. "He means gold for us, not misfortune. If we're steering to doom, then we're doing it ourselves. Through **reckless** talk like yours, Ron!"

"What do you know about these **sorcerers** and their evil **doings**?", schimpfte Ron.
Mattis und Terry konnten nur machtlos beobachten, wie sich die Auseinandersetzung zuspitzte.
Samuel blieb ruhig und erwiderte: "More than you might expect." Er hatte keine Angst vor Lawless Ron. Er wagte es sogar, ihn zu verspotten: "And I don't fear a young black boy, like some do."
Lawless Ron kochte vor Wut. "Fear? Me? Lawless Ron Edward afraid of a slave?" Seine massige Pranke umschloss Jeromes Arm und zog ihn langsam in die Höhe, bis er mit eingeknickten Knien halb in der Luft schwebte. "**Walk the plank** he should, that's what I say!"

sorcerer Zauberer
doings Machenschaften
to walk the plank über die Planke gehen

Jerome blickte mit schmerzverzerrtem Gesicht um sich. Unvermittelt stieß er einen schrillen Schrei aus und nutzte Lawless Rons Überraschung, um sich aus dem Klammergriff herauszuwinden. Ruckartig stellte er sich auf und begann den Oberkörper kreisförmig in allen Richtungen zu drehen, während die Arme wie leblos herunterhingen. Er riss die Augen weit auf und setzte an zu einer Wiederholung seines schrecklichen Schauspiels: rollende Augen, gebleckte Zähne, Schaum vor dem Mund. Unter wilden, zappelnden Bewegungen brabbelte er jene absonderlichen Töne, die für die meisten Zuschauer Geheimwörter aus einer anderen Welt waren. Von dem Anblick völlig überrumpelt ließ Lawless Ron von ihm ab und tat einen Satz zurück. Die umstehenden Männer waren wie versteinert. Manche liefen angsterfüllt davon.

"You see!", rief Ron der Mannschaft zu und zog wie zur Abwehr sein Messer aus der Scheide. "It's the devil. Satan himself!"

Kampfbereit und mit geballter Faust stand er vor Jerome. Doch der blieb auf einmal bewegungslos stehen, verharrte eine Sekunde und setzte sich langsam und ohne einen weiteren Ton von sich zu geben wieder aufs Deck.

harmless harmlos
respect Respekt
I'll have no more of this! Schluss damit!

"Hang the devil!", riefen jetzt einige aus sicherer Entfernung, und andere: "Overboard with the sorcerer!" Auch weniger forsche Ausrufe wie "God save our souls!" waren zu hören. Nur Samuel widersprach: "Men, he's no devil. He's just a **harmless** boy playing tricks!" Aber niemand schenkte ihm Glauben.

Jerome selbst schien die Aufregung nicht zu kümmern. Er lehnte sich an den Mast und blickte hinaus aufs Meer, als wäre nichts geschehen. Der Hauch eines Lächelns glitt ihm über die Lippen. Mattis und Terry sahen sich an und mussten leise lachen.

"Laughing, are ye?", knurrte Lawless Ron in ihre Richtung. "Careful, boys, careful. Or I'll teach you **respect**."

Er hatte Jeromes Spiel längst durchschaut, sagte aber nichts dazu. Es passte ihm vielmehr sehr gut, dass die anderen den Jungen für das personifizierte Böse hielten.

"What's all this here?", übertönte plötzlich eine kraftvolle Stimme die chaotische Mischung aus Klagen und Flüchen. Captain Eagle Eye Mills schritt vom Achterdeck kommend zielstrebig an den Ort des Geschehens.

"**I'll have no more of this**!", sagte er resolut. "Mr Edward, I'll not **tolerate disputes**. And no **brandishing** of cutlasses on my ship!" Lawless Ron gehorchte widerspruchslos: "Aye aye, Cap'n." Er steckte sein Messer zurück in die Scheide und trat zu Seite.

Mills blickte düster in die Runde: "**That goes for** every sailor on board. We **take** ships and we fight our enemies, we don't fight each other." Er ließ die Worte einsinken. "And as for this slave here", sprach er weiter, "he's a slave – and no more."

Seine Augen ruhten seltsam lange auf dem am Boden sitzenden Gefangenen. Zugleich stieg ihm ein Ausdruck von Anspannung ins Gesicht. Die Unterlippe begann leicht zu zittern. Er blies kräftig durch die Nase, wischte sich über den Mund und sagte mit viel Nachdruck:

"But, **shipmates**, don't forget: we need him. We need him **well fed** and **in good health**. For the great bird! He's our bait for the thunderbird, and he'll lure the **beast** right into our hands. **Bear that in mind**, men!"

"Our bait?", sagte jemand, der neben Lawless Ron stand, ein wenig zu laut und mit der Betonung auf *our*.

"More the captain's bait, I'd say", fauchte Ron.

Ruckartig drehte sich Mills zu den beiden Männern. Alles schwieg und erwartete angespannt den Ausgang der Konfrontation.

"**Cross** me, Mr Edward, you or anybody

to tolerate dulden
dispute Streit
to brandish herumfuchteln
That goes for... Das gilt für...
to take *hier:* kapern
shipmate Schiffskamerad
well fed gutgenährt
in good health wohlauf
beast Untier
Bear that in mind! Denkt daran!
to cross sb jdn verärgern

else, and I'll have you suffer a **flogging** at the mast **in no time**", drohte der Captain unverhohlen. "As long as I'm in command we don't change our plans for one man's **wishes**."

Sein stechender Blick wanderte über die Gesichter der Mannschaft, die sich inzwischen vollzählig auf dem Deck versammelt hatte. Und seine Worte zeigten Wirkung, auch Ron Edward sagte nichts mehr.

Jerome saß während der Wortgefechte regungslos am Mast, während Mattis und Terry eine böse Befürchtung überkam.

"Bait?", fragte Mattis entsetzt. "**Actual** bait? Like Samuel said? For the thunderbird?" Er wollte nicht glauben, dass es tatsächlich stimmen sollte.

Aber der Captain selbst klärte ihn auf: "Aye, young man, that's what I said. Bait! The giant bird's what we want. And that **vile** animal likes a good meal."

"But ...", stammelte Mattis.

Mills schenkte ihm keine weitere Beachtung. Stattdessen wandte er sich wieder an die übrige Mannschaft und sagte in einem Ton, der das Ende der Versammlung verkündete: "So, men, no more talk of devils and sorcerers! And as I've **ordered**, these lads here will feed the slave for as long as we need him."

Damit machte sich der Captain auf zurück zum Achterdeck. Doch nach zwei großen Schritten blieb er stehen, drehte sich um und warnte mit lauter Stimme: "**Beware**, men! When the thunderbird comes, don't look him in

flogging Auspeitschung
in no time im Handumdrehen
wish Wunsch
actual echt
vile abscheulich
to order befehlen
Beware! Nehmt euch in Acht!

glance Blick
instantly auf der Stelle
to blind blenden
light of day Tageslicht
to be serious about sth etw ernst meinen
Nothing good will come of it. Das wird ein böses Ende nehmen.

the face! He has the evil eye!" Er machte eine kurze Pause. Sein Blick bewegte sich langsam hin und her. Der Tonfall war ernst und getragen: "Just one **glance** in the eyes of the monster and a man will be **instantly blinded**, never again to see the **light of day**."

Anschließend machte er wieder kehrt und verschwand in seiner Kajüte. Lawless Ron blickte ihm nur finster hinterher.

"Is he **serious about** all that?", fragte Mattis. Terry zuckte mit den Schultern. Aber Fernando stand daneben und er wusste die Antwort: "Yes lad, he's very serious. And **nothing good will come of it**, I tell you!"

Mann über Bord!

"Man overboard!", gellte es durch den Raum. Gleichzeitig flatterten überall riesige Papageien in den merkwürdigsten Farben herum und mittendrin stand Jerome, lachend und mit herausgestreckter Zunge.
"Hey, Mattis!" Der Ruf kam von weit her.
"Mattis!" Jetzt war es ganz nah. Jemand rüttelte ihn am Arm. Mattis öffnete die Augen und schaute erleichtert um sich. Die bizarre Szene war nur ein Traum gewesen. Neben ihm stand Terry.
"Come on, Mattis, get up", sagte er aufgeregt und versuchte ihn hochzuziehen. "Something has happened."
"Okay, okay. I'm coming." Schlaftrunken rappelte sich Mattis auf und folgte Terry zum Achterdeck, wo sich schon gut die Hälfte der Mannschaft eingefunden hatte. Es war tatsächlich etwas geschehen.
"I swear by the Mother of God!", rief Tom Thatcher, den alle wegen seiner Liebe zum Rum Merry Tom nannten. "I don't know! As I say, maybe he fell overboard." Er stand neben dem Ruder und blickte mit unruhigen Augen hinunter in die Menge.
Captain Mills hatte sich breitbeinig vor ihm aufgebaut, die Hände in die Hüften gestemmt, den Rücken den Männern unterhalb zugewandt. "But I can't see anyone, Mr Thatcher. Not on deck, nor in the water", sagte Mills mit einem scharfen Ton in der Stimme.
Merry Tom musste sich rechtfertigen: "But it was hours ago, Cap'n. **Some time during** the night. He just disappeared."
Der Captain kniff ein Auge zu und sagte

some time irgendwann
during während

forsch: "And you? Were you sleeping? Or steering the ship? Or drinking, **by God**?"

By God! Um Gottes willen!
helmsman Steuermann
That's the way it was. So war es.
up oben
crow's nest Mastkorb
helm Ruder

Terry entdeckte Samuel am Rand der umstehenden Gruppe. "What's going on?", fragte er. "Patrick has disappeared", antwortete Samuel. "He was on watch astern over night. But the **helmsman** says he doesn't know where he is."
"Pah! He doesn't know?", warf einer, der daneben stand, verächtlich ein. "Who would believe that, eh?"
"Aye, Cap'n, **that's the way it was**", rief ein anderer. Er löste sich aus der Menge und ging nach vorn. "I was **up** in the **crow's nest**."
"Well, man? What did you see?", fragte der Captain.
"That's just it. Nothing. I saw nothing", war die Antwort. "One second Patrick was there, the next he was gone."
"Ah, is that so?", sagte Mills skeptisch.
"So you're saying Patrick jumped overboard?", rief ein Mann aus der Ansammlung. "I say somebody pushed him, if anything", fügte er vorwurfsvoll hinzu. Ein Raunen ging durch die Reihen. Währenddessen kamen immer mehr Männer dazu. Die Mannschaft war nun fast vollständig.
"Was Merry Tom at the **helm** during the night?", fragte Mattis, der die Situation erst allmählich erfasste.
"Aye", antwortete Samuel. "The second half of the night."
Inzwischen wurde weiter vorn die Stimmung gereizter. Der Captain wandte sich an die Mannschaft: "Did anybody see anything?"

Einer rief aus der Menge: "Tom was drinking, I say! He can't **resist** the rum on a long night's watch!"
Ein anderer: "Aye, Patrick didn't jump overboard. Or fall. Never! He was killed, if you ask me."
"That wasn't my question!", mahnte Mills diktatorisch.
Einen Moment lang war alles still. Dann stellte sich einer der Seeleute auf die Zehen, damit ihn alle sehen konnten, und sagte: "I saw nothing, Cap'n. But I heard something. Something odd, I must say."
Ein zweiter sekundierte: "So did I."
"Well? What?", wollte der Captain wissen.

to resist widerstehen
hissing zischend
rustling Rascheln
cloth Stoff
army Armee
scuffle Handgemenge
murder Mord
to put an end to ein Ende bereiten

"It was long after midnight", fuhr der erste fort. "I heard **hissing** noises in the air, like snakes. As if we had snakes on board. Hundreds of snakes."
"Or like the **rustling** of **cloth**", unterbrach ihn der zweite. "Like an **army** of men in winter coats flying over the deck."
Nun meldete sich auch Lawless Ron zu Wort: "Or like two men in a **scuffle**?", fragte er provozierend. "It was **murder**, I say! Merry Tom **put an end to** our good man Patrick!", rief er in die Menge.
Daraufhin entbrannte eine heftige Diskussion, fast ein Streit, unter den versammelten Männern. Der Captain schaute von oben herab und ließ sie zunächst gewähren. Mattis dagegen wurde die Lage zu brenzlig. Er fühlte sich unwohl in dem Gedränge und beschloss, Jerome zu erzählen, was gerade vor sich ging.

"A man's **gone missing**", berichtete er, als er bei Jerome ankam. "He disappeared **overnight**."

"Oh, really?", sagte Jerome. Er saß, wie meistens, an den Mast gelehnt. Was achterdecks passierte, schien ihn nicht wirklich zu interessieren.

Mattis erzählte trotzdem weiter: "Aye. Some of the men think that Merry Tom threw him overboard during the night. Others say they heard strange noises."

Auf Jeromes Gesicht machte sich ein merkwürdiges Lächeln breit. Mattis setzte sich neben ihn und schaute ihn fragend an.

"Noises?", meinte Jerome. "Yes, I heard them too."

"What do you mean?"

Jerome schien mit den Gedanken ganz woanders zu sein. Schließlich sagte er: "And I saw it too."

"It? You saw it? What did you see?", wollte Mattis wissen.

Jerome zögerte. "Oh, nothing. Forget it."

Inzwischen war es auf dem Achterdeck kurzzeitig sehr still gewesen; irgendetwas hatte man besprochen, ohne dass Mattis oder Jerome es mitbekommen hatten. Nun aber drangen wieder Geräusche nach vorn. Mattis stand auf und schaute zum Heck. Captain Mills hatte sich oben am Ruder postiert und begann, mit lauter Stimme zu der Versammlung zu seinen Füßen zu sprechen, sodass die beiden Jungs es mittschiffs deutlich hören konnten: "So, gentlemen, for your own safety **stay clear of** the black boy. Then we shall succeed and **suffer** no **harm**." Nach einer kurzen Pause

to go missing verschwinden
overnight über Nacht
to stay clear of sb sich von jdm fernhalten
to suffer harm Schaden erleiden

fügte er mit feierlicher Geste hinzu: "Our bounty will **surpass** anything you have ever seen on God's earth. You'll all agree, **once** we have it!" Es folgte eine weitere Pause und dann der Abschluss der kurzen Rede: "But men, beware and don't forget: Never look the beast in the eye, if your own eyes are **precious** to you!"
Mattis wunderte sich: "What's happened now?"
Jerome wusste auch keine Antwort. "Terry's coming", sagte er.
"What's happened?", wiederholte Mattis seine Frage, als Terry neben ihm stand.
"You won't believe it!" Terry holte tief Luft und erzählte: Die Mannschaft und auch der Captain hatten zuerst an einen Mord geglaubt; Merry Tom habe wohl wieder getrunken und die Wache im Streit umgebracht und über Bord geworfen, meinten sie. "**Marooning'**s the **punishment** for lesser crimes", hatte der Captain festgestellt. "So it must be the punishment for murder of a shipmate as well!" Mit etwas Wasser und einer geladenen Pistole auf einer kahlen Sandinsel ausgesetzt zu werden kam einer Todestrafe gleich. Es bedeutete eine Aufforderung, sich selbst zu richten.

to surpass übertreffen
once sobald
precious kostbar
precious kostbar
marooning Aussetzung
punishment Strafe

"But then Tom suddenly changed his story", fuhr Terry fort. Merry Tom gab nun zu, dass er getrunken hatte und vom Rum benebelt am Ruder eingeschlafen war, erzählte er. Wieder aufgewacht sei er durch jene Geräusche, die auch andere gehört hatten. Er habe dabei auch kurzzeitig einen starken Wind gespürt und dann sei ein riesiger Schatten über das Schiff hinweggezogen und habe den Mond und die Sterne verdunkelt.

to let sb off jdn davonkommen lassen
prey Beute

"That's a good story. He must have drunk a lot", sagte Mattis amüsiert. "Did they believe him?"

"Of course not", antwortete Terry. "Except for Captain Mills. He believed every word. And he said it must have been the thunderbird that took Patrick."

Mattis schüttelte ungläubig den Kopf. "But that's crazy!"

"Aye, crazy it is", meinte auch Terry. "But it saved Tom's life. He won't be marooned now."

"And the drinking?" Es war verboten, an Bord Rum zu trinken, erst recht, wenn man im Dienst war. Darauf standen drakonische Strafen.

"No problem. The captain **let** him **off** with that too."

"Ah well, good for Tom", sagte Mattis. Dann fragte er besorgt: "And Jo, what about Jo? Mills said something about 'the black boy', didn't he?"

"Well ..." Terry zögerte.

"Well?"

Diesen Teil berichtete Terry nur ungern: "Aye, Mills mentioned Jo." Er hustete kurz und schaute betreten zu Jerome hinunter, der regungslos dasaß. Dann sprach er weiter. "Mills thinks the bird will come again. But only if it finds **prey**. Therefore Jo has to stay chained to the mast."

"He must be mad!" Davon war Mattis nun überzeugt.

Und Terry auch. "Aye, he must be", stimmte er zu.

Jerome blickte bei all dem nur eigenartig beschwingt

vor sich hin und schien leise ein Lied zu summen. Mattis dachte an das, was er zuvor gesagt hatte. "You said you saw something, didn't you?"

Jerome schaute auf. "Yes, I did", sagte er wenig auskunftsfreudig.

warship
Kriegsschiff

Bevor Mattis weiterfragen konnte, erschallte ein Ruf aus dem Mastkorb: "Ship ahead!"

Augenblicklich drängte alles an den Rand des Decks und blickte auf die See hinaus. Der Ausguck wiederholte seinen Ruf. "Ship ho! British **warship**!" Also zwei Schiffe. Kriegsschiffe.

"Man your posts!", kam es vom Achterdeck.

Der große Sturm

Am Horizont kreuzten, so stellte sich bald heraus, nicht zwei, sondern drei Schiffe. Zwei Fregatten und ein großes Linienschiff mit zwei Kanonendecks, alle mit der britischen Flagge am Großmast und alle bis an die Zähne bewaffnet.

Mattis stand am Decksrand, die Knie ans Schanzkleid gestützt, und schaute wie alle an Bord hinaus auf die Bedrohung in der Ferne.

"Looks like the Royal Navy's **searching for** the Pacific Challenger. She's **long overdue** in Spanish Town", meinte Samuel, der neben ihm stand.

Ob die Kriegsschiffe die Bloody Mary gesichtet hatten oder nicht, war noch unklar. Alle wussten aber, dass die Sloop gegen eine solche Übermacht nicht einmal den Hauch einer Chance hätte. Captain Mills traf also die einzig denkbare Entscheidung: "**Stand by to go about**!"

to search for sth nach etw suchen
long overdue lange überfällig
Stand by to go about! Alles klar zum Wenden!

Weitere Kommandos erübrigten sich. Jeder wusste, wo er zu sein hatte, wenn es schnell gehen musste. Samuel auch, und er eilte davon. Nur Mattis und Terry waren nirgends eingeteilt; sie galten als zu jung und zu unerfahren. Während die eingeübte Mannschaft das Schiff auf einen neuen Kurs brachte, rauschte der Großsegelbaum bei der Wende über ihre Köpfe hinweg. Der Fluchtversuch hatte gute Aussichten auf Erfolg. Die Sloop war ein schnelles Schiff. Nach dem Ausweichmanöver glitt sie hart am Wind durchs Wasser und nahm immer mehr Fahrt auf.

Samuel kam nun zurück zu den Jungs.
"Where are we going?", wollte Mattis wissen.
"Nowhere **in particular**", sagte Samuel. "Just as far away as possible. We wouldn't live long if they **caught up with** us." Aber jetzt konnten sie ohnehin nichts weiter tun als abzuwarten. Wortlos blickten sie aufs Meer hinaus und beobachteten die Kriegsschiffe.
"Bad weather", sagte Jerome nach einer Weile von hinten. Sein Platz am Mast war nur wenige Meter entfernt, aber die Kette an seinem Bein ließ ihn nicht bis ans Schanzkleid kommen.
Terry drehte sich um: "Bad weather?"
Jerome deutete übers Deck hinaus in die entgegengesetzte Richtung.
Samuel folgte ebenfalls dem Fingerzeig: "Aye", sagte er in einem langgezogenen Ton, aus dem deutlich Verwunderung herauszuhören war. "Very unusual."
Dicht über dem Horizont hatte sich ein schmaler Streifen Himmel grau gefärbt, es schien sich in großer Entfernung ein Unwetter zusammenzubrauen. "The wind is **playing games**", bemerkte Samuel mit fachmännischem Blick nach oben. Teile der Segel flatterten im Wind, so als würde der Rudergänger vom Kurs abkommen. Der korrigierte auch schon die Fahrtrichtung, aber das half nur kurz. Samuel schaute immer noch den Mast hinauf. "It's **changing direction** all the time."
"The bad weather's getting worse", sagte Jerome mit ruhiger Stimme.

in particular im Besonderen
to catch up with sb jdn einholen
to play games sein Spiel treiben
to change direction die Richtung wechseln

"Wow! That's **unbelievable**!", stieß Terry hervor.
Eine große schwarzgraue Wolkenmasse kam mit rasender Geschwindigkeit auf sie zu. Schon brach an Deck hektische Aktivität aus. Kommandos wurden gegeben, Männer rannten auf ihre Posten, eilig wurden Segel eingeholt, Handwaffen und Gerätschaften eingesammelt, Türen, Luken, Kanonen und alles andere Bewegliche wurde gesichert.

unbelievable unglaublich
to come up aufkommen
to hold on to sth sich an etw festhalten

Samuel war längst wieder verschwunden und tat irgendwo seine Arbeit.
"Can a storm really **come up** that quickly?", fragte Terry entgeistert. Er musste schreien, um überhaupt noch gehört zu werden.
"Well, this one can", rief Mattis zurück, dem beim Anblick der Wolkenbank mulmig wurde.
Keine zehn Minuten waren vergangen, seitdem Jerome zuerst das dünne dunkle Band gesehen hatte, weit entfernt am Horizont, und jetzt schoben sich schon die Wolken wie eine dicke schwarze Decke direkt über das Schiff. Die brodelnde Masse wirkte fast lebendig und sie hing so tief, dass die Mastspitze in sie hineinragte. Mächtige Wellen schaukelten die Sloop hin und her und mit einem Mal begann es wie aus Eimern zu regnen. Die Wolken dehnten sich immer weiter aus und bedeckten sekundenschnell den gesamten sichtbaren Himmel.
"**Hold on to** this", schrie Terry. Er warf Mattis eine Leine zu, während er sich selbst an den Mast klammerte. Mattis fing die Leine auf und arbeitete sich, von den Schiffsbewegungen immer wieder aus dem Gleichge-

wicht gebracht, zu Terry vor. Irgendwie schafften sie es, sich zusammen mit Jerome teils aneinander und teils an den Mast zu binden. Sehen konnten sie kaum noch etwas, so stark prasselte der Regen herunter. Die anderen, sofern sie es nicht rechtzeitig unter Deck geschafft hatten, taten das Gleiche wie die Jungs. Sie banden sich an den Schiffsaufbauten fest und hofften, das Meer möge ihnen gnädig sein.
Es wurde ein wahrer Kampf um Leben und Tod. Die Jungs krallten sich mit aller Kraft aneinander, während der immer stärker werdende Orkan das Schiff wie ein Spielzeug durch das tosende Wasser wirbelte. Riesige Wellen überfluteten das Deck und schwappten schäumend durch herausgerissene Luken und zerborstene Türen nach unten. Grässliche Geräusche von zersplitterndem Holz und reißendem Segeltuch mischten sich unter den Lärm von Wind und Wasser. Als das Toppsegelrah mit einem höllischen Krachen knapp neben ihm aufs Deck aufschlug, war sich Mattis sicher, dass sie nicht mehr lange leben würden.
Doch dann war mit einem Schlag alles vorbei. Um ihn herum herrschte Totenstille und Mattis fragte sich, ob er nun gestorben sei.
"Mattis, it's over!", hörte er Jerome neben sich sagen. Er wagte erst die Augen zu öffnen, als ihn etwas am Arm zog. Es war Terry.
"Hey, wake up!"
Mattis hob den Kopf und schaute sich um. Er traute seinen Augen kaum: Die Sonne schien hell und klar, die See war ruhig und die schwarzen Gewitterwolken waren verschwunden, wie von Geisterhand verscheucht.

"Are we still alive?", fragte er.
"Yes, I think so", sagte Terry, während er die Augen über das verwüstete Deck gleiten ließ. Irgendwie hatte das Schiff den Sturm überstanden, aber die schweren Beschädigungen waren nicht zu übersehen.
Allmählich regten sich auch die anderen Mannschaftsmitglieder. Die Erleichterung war deutlich zu spüren. Einige stießen vor Freude salvenweise Flüche aus. Andere begannen zögerlich miteinander zu sprechen und fragten sich gegenseitig, wie ein derart gewaltiger Sturm so schnell aufkommen und ebenso schnell wieder abziehen konnte. So etwas hatten auch die Erfahrensten unter ihnen noch nicht erlebt.
"There's the captain", bemerkte Terry.
Eagle Eye Mills stand auf dem Achterdeck. Es war Zeit für neue Pläne.
"Aye, let's go." Mattis und Terry gingen Richtung Heck und stellten sich zu den anderen, die sich um den Captain herum versammelten.
"Gentlemen, I **congratulate** you for your **bravery**!", begann die Ansprache. Die Mannschaft jubelte. "We must thank God and our **sturdy** ship that we are still alive."
"Aye! Aye!", riefen die Männer zurück. Triumphierend wurden Fäuste gereckt, derbe Dankessprüche an Gott, den Teufel und die Mächte der See flogen durch die Luft. Manche bekreuzigten sich.
Dann fuhr Mills mit überraschenden Worten fort: "And, men, since last night we know that the thunderbird is flying in these parts." Unter den Zuhörern wurde es daraufhin sichtlich unruhig, was den Captain aber nicht

to congratulate sb jdm gratulieren
bravery Tapferkeit
sturdy robust

störte. Er sprach einfach weiter. "This **horrendous** storm, I am sure, was the great bird's **work**."
"Does he really believe that?", fragte Mattis, der mit Terry hinten in der Versammlung stand.
Terry wunderte sich genauso wie Mattis. "Well, he probably does."

horrendous entsetzlich
work Werk

Weiter vorn stand Samuel und schüttelte immerzu den Kopf, als könnte er es nicht glauben.
Und nicht weit von Mattis wetterte Lawless Ron halblaut: "Pah! He's out of his mind!"
Fernando stand daneben und nickte.
Der Sturm hatte dem Schiff arg zugesetzt. Ein Großteil der Segel war unbrauchbar, etliche Leinen und Taue waren gerissen und das Ruder beschädigt; wie lange es ohne Reparatur halten würde, war Glückssache. Dazu hatten herumfliegende Aufbauten Teile des Schanzkleids und die kurze Reling am Heck einknicken lassen. Vieles andere an und unter Deck war ebenfalls zerstört oder reparaturbedürftig.
"What about the ship?", murmelte jemand in der Menge. "Aye, we have to do something quickly", meinte ein anderer.
Captain Mills schien nicht wahrzunehmen, in welcher Lage sie nun waren. Einige fragten sich, ob er betrunken war, andere forderten schon einen neuen Kapitän, alles aber so gedämpft, dass es nicht bis nach vorne drang. Als Mills feststellte, dass die Kriegsschiffe nicht mehr zu sehen waren, hob das kurzzeitig wieder die Stimmung. Dann aber sagte er: "And, shipmates, with my own eyes I saw it today. I saw the great bird. I saw it

come out of the clouds, many miles away. And I saw how, in its **mighty talons**, it took one of the British frigates!"
Verdutztes Staunen machte sich breit. Der wachsende Unmut in der Mannschaft war nicht zu übersehen. Und Lawless Ron platzte der Kragen: "Cap'n, sir!", rief er ungehalten nach vorne. "We have other problems. Our ship is **damaged**. We must get her **repaired**."
Nicht weniger verärgert stimmte Fernando zu: "So it is, Cap'n!"
Andere teilten ihre Meinung. "Aye! Aye!", drang es mehrfach lautstark aus der Menge hervor. Den Zurufen folgte ein erregter Austausch über das weitere Vorgehen. Am Ende stand der Beschluss, den Kurs zu ändern. Nicht mehr nach Nassau sollte es gehen, sondern zuerst zu einer nahen Insel, um das Schiff dort zu reparieren. Denn im jetzigen Zustand würde es eine längere Fahrt nicht überstehen, geschweige denn einen weiteren Sturm oder eine Begegnung mit Kriegsschiffen.
Auf dem Weg zurück zu Jerome blieb Terry stehen und zog Mattis zu sich heran. "Did you hear what Lawless Ron was saying just now?", fragte er.
"No. What?"
"He was speaking with Fernando and some of the others."
"Well?"
"They want to force Mills to **step down** and then take over the ship. On that island, as soon as she's repaired."
Nach zwei Tagen beschwerlicher Fahrt meldete der Ausguck endlich Land in Sicht.

mighty gewaltig
talon Klaue
damaged beschädigt
to repair reparieren
to step down abtreten

Freudenschreie erklangen, überall sprangen Männer auf und stürmten an den Decksrand. Zur Feier ihrer Erlösung setzten sie sich spontan über die Schiffsregeln hinweg und holten den Rum hervor. Das würde schon klar gehen, in einer solchen Ausnahmesituation.

Aus der Ferne wirkte die Insel kreisrund und aus ihrer Mitte ragte ein hoher, von Wald bedeckter Berg empor. Die Piraten nannten sie **Cove** Island, weil es hier so viele kleine Buchten gab, in denen sich ihre Schiffe gut verstecken ließen. Sorgen machte man sich nur wegen der Royal Navy. Die kannte das Eiland auch und ging an dessen Küste, so hieß es, immer wieder auf Piratenjagd.

Cove Bucht
dram Schluck
Fortune is smiling on us. Das Glück ist uns gnädig.
honourable ehrenwert

"Ah, Mattis! Terry! Here, take a **dram**", sagte Samuel freudestrahlend und hielt ihnen eine Flasche hin.

"No, thanks", sagte Mattis.

"Er, not thirsty", redete sich Terry heraus.

"Isn't that a beautiful island?", schwärmte er und trank einfach weiter auf die rettende Insel. "**Fortune is smiling on us**."

In dem Augenblick kam Fernando dazu. "She's a good ship, the Bloody Mary", sagte er. "Taking us here after that terrible storm."

Samuel gab ihm recht: "Aye, an **honourable** vessel she is."

Terry mochte Fernando nicht besonders. "I'll see to the parrots", sagte er und ging weg. Mattis blieb noch. Er hoffte, vielleicht etwas mehr über die Pläne von Lawless Ron zu erfahren. Die beiden Seemänner unterhielten sich aber nur über die Vorzüge der Sloop und tranken ausgiebig auf das Schiff. Dann sagte Fernando: "**Nevertheless** we're lucky that we **made it**." Seine Stimme hatte plötzlich einen unangenehmen Unterton. "Another storm, and we'd be on the **seabed**." Er drehte den Kopf kurz mittschiffs, wo Jerome saß, und fügte frostig hinzu: "Or another two days with that voodoo boy on board."

Die letzten Worte klangen bedrohlich. Doch so nannten sie Jerome inzwischen: Voodoo-Junge. Nun sei endgültig klar, dass er ein Zauberer war, hatte Lawless Ron nach dem Sturm unter der Mannschaft verbreitet, oder, wie seine wilden Ausbrüche zeigten, sogar ein Voodoo-Priester. Ein solches Unwetter, so plötzlich, so stark und so kurz, könne es ohne Zauberei gar nicht geben. Sicher war er auch für das geheimnisvolle Verschwinden von Patrick während der Nachtwache verantwortlich. Für die meisten Männer war das alles nicht mehr zu bestreiten; sie glaubten fast geschlossen, dass allein Jerome an ihrer misslichen Lage schuld war.

nevertheless trotzdem
to make it es schaffen
seabed Meeresgrund

Mattis zog es vor, sich jetzt auch zu verabschieden: "I'll go and see how Terry's doing with the parrots." Er spürte förmlich die misstrauischen Blicke Fernandos im Rücken. Weil sie viel Zeit mit Jerome verbrachten, galten er und Terry bei vielen schon als Komplizen des "Voodoo-Jungen" und wurden mit Argusaugen beobachtet.

"Ahoy, my friend", rief Jerome mit seinem strahlenden Grinsen, als Mattis näher kam. Er saß, wie sonst auch, an den Mast gelehnt und ließ die Welt an sich vorbeiziehen.

"Where's Terry, do you know?", fragte Mattis.
"Below deck? With the parrots maybe?"
"Okay, thanks." Manchmal wunderte sich Mattis über Jerome. Er schien die Feindseligkeit der Mannschaft gegen ihn gar nicht ernst zu nehmen.
"Ah, good to see you", begrüßte ihn Terry unter Deck. "These birds here are hungry."
"Well, let's give them something to eat, then", sagte Mattis und packte mit an. Er musste, wie immer, wenn die Vögel Hunger hatten, fast schreien, so viel Lärm machten sie.
Die Käfige hatten den Sturm vor zwei Tagen relativ gut überstanden und kleinere Reparaturen hatten sie inzwischen wieder voll hergestellt. Die Papageien selbst waren zwar fürchterlich durchgeschüttelt worden, aber die meisten hatten überlebt.
"How are things on deck?", fragte Terry.
"Not very nice", antwortete Mattis. "I'm worried."
"Why?"
"It's Fernando, and the others too. The way they're talking about Jerome."
"Aye. I know."
"And Captain Mills is just letting it happen. He doesn't seem to care about anything anymore."
Seit dem Sturm war der Captain nur mehr selten an Deck erschienen und verschanzte sich stattdessen in seiner Kajüte. Es sah alles nach einer baldigen Übernahme des Schiffs aus. Und das wäre nicht einmal eine richtige Meuterei. Lawless Ron bräuchte nur genug Männer hinter sich, denn ihren Kommandanten bestimmte die Mannschaft ja selbst. Dann aber wäre Jero-

me in höchster Gefahr, und Mattis und Terry wohl auch.
"We could still run away on Cove Island." Die Idee hatten sie erstmals kurz nach dem Sturm gehabt, dann aber verworfen. Terry war inzwischen wieder dafür. Mattis war sich noch unsicher und zögerte.
"Well, maybe."

feast Gelage

An Deck machte sich die Mannschaft schon zum Landgang auf. Die Bloody Mary lag in einer der vielen Buchten vor Anker, das Beiboot war im Wasser und voll besetzt unterwegs zum Strand. Manche, die schwimmen konnten, waren auch einfach über Bord gesprungen und legten die nur gut hundert Meter aus eigener Kraft zurück.
"Well, lads", rief ihnen Samuel entgegen, als sie wieder an Deck erschienen. "Let's go ashore. You don't want to stay here and miss the **feast**, do you?"
"Okay, then." Widerwillig gingen sie mit. Wenn sie mit Jerome an Bord blieben, würden sie sich nur noch verdächtiger machen.
An Land fielen schon vereinzelte Musketenschüsse. Im Wald wurde gejagt, denn das Festmahl sollte nicht nur aus Obst bestehen. Der Abend verlief dann wie gewöhnlich, wenn die Mannschaft an Land konnte: Es gab viel zu essen und es gab viel Rum. Die halbe Nacht lang saßen die Männer um die beiden Feuer herum und sangen und tranken. Nur Jerome fehlte, der blieb angebunden am Mast der Bloody Mary.

Der Plan

"Come on, off we go", forderte Terry.

"Okay, okay." Mattis warf sich seine Beutel über die Schulter und stapfte hinterher in Richtung Wald.

Gleich nach Sonnenaufgang hatten auf der Bloody Mary die ersten größeren Reparaturen begonnen. Mattis und Terry waren aber, wie schon auf Crooked Island, auch hier erst einmal zum Proviantsammeln abkommandiert worden. Später könnten sie dann auch bei anderen Dingen mithelfen, hatte Lawless Ron gesagt.

"I don't think they want us on board", mutmaßte Terry, als er den ersten Baum mit den großen rot-grünen Früchten entdeckte, deren Namen er gar nicht kannte.

"Yes, maybe. But at least we don't need to carry water." Mattis griff sich einen nahen Ast und rüttelte daran. Wasserschleppen war viel anstrengender. Es wog wesentlich mehr als Obst. Aber hier auf Cove Island hatten sie Glück: Nah am Lagerplatz mündete ein Bach, der von den Höhen des vor ihnen aufragenden Berges reichlich Frischwasser in die Bucht leitete.

Mattis dachte nicht wirklich, dass man sie nicht auf dem Schiff haben wollte. "**On the other hand**, we're not the only ones out here in the jungle", gab er zu bedenken. Während sie den Ertrag des eben bearbeiteten Baumes vom Boden einsammelten, konnten sie in der Ferne Schüsse hören. Das waren die Männer, die auch heute zum Jagen in den Dschungel gegangen waren.

"Yeah, that's right. I hope they don't shoot us **by mistake**", witzelte Terry.

on the other hand andererseits
by mistake aus Versehen

Auf ihrem Weg durch das Dickicht folgten sie dem Bach. So würden sie später leicht wieder aus dem Wald zum Strand zurückfinden. An vielen Stellen war das Gebüsch weniger dicht, als sie erwartet hatten. Trotzdem mussten sie sich hier und da mit den Macheten den Weg freihauen, kamen aber insgesamt schnell voran.
Nach einer Weile erreichten sie eine Lichtung. Terry blieb stehen und betrachtete nachdenklich das fließende Wasser. "What do you think?", fragte er. "Should we leave the ship here? Or wait until we reach Nassau? **The sooner the better**, I think."
Er wollte Mattis zur baldigen Flucht überreden und die Lichtung schien ihm ein guter Ort für ein Gespräch darüber.
Aber Mattis zweifelte: "If we run away here, we'll **be trapped** on the island. We'd be **completely** alone and never **get away**."
"Sooner or later a ship would come", argumentierte Terry. "Remember? The crew said that British warships **come by every now and then**."
"But so do pirate ships."
"Well, we could hide if pirates come."
"Yes, but ..."
"And don't forget Jerome", unterbrach ihn Terry. "They'll surely kill him. They all think he's a monster. And they might kill us too."
Terry sprang unter einem überhängenden Ast in die Höhe, rupfte eine Frucht ab und hielt sie lachend Mattis entgegen: "There's lots to eat for all three of us here!"

the sooner the better je eher desto besser
to be trapped festsitzen
completely völlig
to get away fortkommen
to come by vorbeikommen
every now and then dann und wann

Mattis musste auch lachen: "Aye, and enough water." Er deutete mit dem Kopf in Richtung des Bachs, an dem sie standen. Dann wurde er gleich wieder ernst. "It **depends on** what happens. How long the crew wants to stay here, for example."

Es war nämlich noch gar nicht entschieden, ob das Schiff auf Cove Island vollständig repariert werden sollte, wie sich das Captain Mills dachte. Die andere Möglichkeit war, nur das Nötigste zu machen und dann möglichst bald nach Nassau weiterzusegeln.

> **to depend on** abhängen von
> **to fix** reparieren
> **to prevent** verhindern
> **rudder** Steuerruder

"Mills probably wants to go on looking for the thunderbird", antwortete Terry. "That would mean **fixing** everything on board. And *that* ..." Er schob eine dramatisch wirkende Pause ein und fuhr dann nachdrücklich fort: "And that would take at least two weeks. Or even three. Or more."

"Hm, yes, could be."

"Well, Samuel said it could take two weeks, anyway", fügte Terry etwas bescheidener hinzu. Er hatte aber noch ein Argument: "But I'm sure Lawless Ron will try and **prevent** that. He'll take over from Captain Mills, get rid of Jerome and set sail as soon as possible. They just need to fix the **rudder** and collect some provisions. Everything else can be done a lot more easily in Nassau."

Terry redete wie ein Wasserfall, sodass Mattis kein Wort mehr unterbrachte. Aber wahrscheinlich hatte sein Freund sogar recht, dachte er sich allmählich.

"In any case, if we want to save Jerome we should be

gone before Lawless Ron becomes captain", legte Terry nach.
"Well, yes, but ..." Mattis fiel nichts ein, was er noch dagegen vorbringen konnte. Außer dass er Angst hatte, aber das wollte er ungern zugeben.

to take a rest
Pause machen
shadow
Schatten

"Let's **take a rest**", sagte er schließlich und setzte sich auf einen halb verfaulten Ast, der aus dem Wasser ragte.
"Okay." Terry setzte sich dazu.

Irgendwann am Nachmittag traten sie voll bepackt wieder aus dem Wald heraus. Einer der Männer stand vornübergebeugt am Bach und füllte einen Trinkbecher. Als er die Jungs bemerkte, richtete er sich auf und rief laut über den Strand: "Ah, here are the boys!"
Captain Mills stand nicht weit entfernt, um ihn herum eine Gruppe von zehn oder elf Männern. Samuel war einer davon.
Mills drehte sich um und winkte die Jungs mit einer Handbewegung zu sich. "Come here, lads!", rief er. "Did you see Mr Jamieson in the jungle? Or Mr Clarke?", fragte er, noch aus der Distanz.
Die Jungs verneinten.
"Why, what's happened?", wollte Mattis wissen.
Anstatt zu antworten fragte der Captain weiter: "And did you hear anything?" Die Jungs schüttelten den Kopf. "Or see anything? A **shadow**, maybe?"
"No, nothing."
Mills machte ein unzufriedenes, knurrendes Geräusch und wandte sich wieder den Männern zu. "Well, anyway, that doesn't change anything", sagte er.

"Come on, let's go." Mattis stupste Terry leicht in die Seite und deutete auf die Gig, die am Strand lag. Die Jungs hatten keine Ahnung, worum es ging. Aber als sie Lawless Ron kommen sahen, war ihnen das auch sehr schnell egal. Sie machten sich davon und ruderten zum Schiff, um ihren Proviant dort hinzubringen.
"It must be a serious problem", sagte Terry während der kurzen Überfahrt. Er war an den Rudern und hatte freien Blick auf den Strand.
Mattis drehte sich um. Lawless Ron stand jetzt bei der Gruppe. Er und der Captain schrien sich aufbrausend an, während die anderen Männer aufgeregt diskutierten. Den Streit konnten sie unterwegs noch hören, so laut waren die Männer. Aber verstehen konnten sie nichts.
An Bord der Bloody Mary hatten viele ihre Arbeit niedergelegt und beobachteten die auch bis hierher hörbare Auseinandersetzung an Land.
"What's it about?", fragte einer der Männer, als die Jungs an Deck stiegen.
"No idea. He didn't tell us", antwortete Mattis wahrheitsgemäß.
Nachdem sie den Proviant verstaut hatten, setzten sie sich zu Jerome. "Here's your dinner", sagte Terry und überreichte ihm einen Beutel mit Früchten und getrocknetem Fisch aus der Kombüse. Auch Jerome wollte wissen, was vorhin am Strand los war, musste aber wie die anderen auf eine Auskunft verzichten.
Plötzlich spürte Mattis einen leichten Stoß am Bein. Er machte die Augen auf und blickte direkt in das Gesicht von Samuel. Er war wohl weggedöst. Samuel machte

deutlich, dass er mit ihnen sprechen wollte, und lotste Mattis und Terry unter Deck, wo sie ungestört waren. Jerome schaute ihnen verwundert hinterher.

to take a liking to sb Gefallen an jdm finden

"Lads, you know I**'ve taken a liking to** you", begann Samuel mit leiser Stimme und blickte mehrmals um sich. Es war offensichtlich etwas Wichtiges. Und etwas, das nicht für andere bestimmt war. "That's why I'm telling you this." Samuel schaute sich noch einmal nach allen Seiten um und sprach weiter: "That other boy, the slave, the one they call the voodoo boy, he's in big danger. And you lads, you're friendly with him. A bit too friendly."

Das klang nicht gut, aber es war keine wirkliche Überraschung. Und was folgte, auch nicht: "You're in danger too. Aye, lads, all three of you!"

Es war also so weit, dachte sich Mattis und überlegte schon, was sie machen könnten. Terry wollte aber Genaueres wissen.

"Why?", fragte er.

Samuel beugte sich näher zu ihm. Es ging um die Auseinandersetzung vorhin an Land, bei der er zugegen gewesen war. Beim Jagen im Wald, erzählte er, waren zwei Männer verschwunden, plötzlich und spurlos. Es waren die, nach denen sich der Captain am Strand erkundigt hatte. Einige wollten diese zischenden Geräusche gehört haben, ganz wie in der Nacht vor dem Sturm, und angeblich hatten sie auch einen großen Schatten über den Bäumen gesehen.

"The captain ...", Samuel stöhnte leise und verdrehte die Augen. "The captain thinks it was the thunderbird, of course." Er schüttelte kurz den Kopf und fuhr fort: "But Lawless Ron, he blames it on the voodoo boy. The slave's driven Captain Mills out of his mind, so says Ron, and now he's driving the crew out of their minds too. He's making the men hear noises and see things."

"But Jerome's not doing anything!"

"Of course not. I know that. You know that. And Lawless Ron knows it too, he's not a stupid man."

"Well then, why ...?"

"Because the crew believes it", erklärte Samuel. "Some of them will believe anything! And Ron can use the voodoo boy as a good reason to take over the ship. And he will. He has the crew behind him."

"And when?", fragte Terry ganz sachlich.

"Tomorrow, lads, tomorrow." Samuel sprach mit immer gedämpfterer Stimme. "If those two men don't **show up** by **midday**, Lawless Ron will take over."

Mattis und Terry tauschten bestürzte Blicke. "Now what?"

to show up auftauchen
midday Mittag

"Run, lads, run!", war Samuels Rat. "Leave the ship tonight and save your lives. It's your last chance." Inzwischen flüsterte er kaum noch hörbar: "I'll leave my cutlass and a knife behind the parrots' cages. You might need them." Dann richtete er sich auf, klopfte beiden auf die Schulter und war wieder verschwunden.

Die Jungs atmeten tief durch. Also gut, sie mussten fliehen. Heute noch. Aber wie sollten sie Jerome mitnehmen? Einfach die Kette um sein Fußgelenk abnehmen und zusammen an Land rudern? Ratlos blieben sie stehen, wo Samuel sie verlassen hatte.

"We should talk to Jo." Mehr fiel Mattis nicht ein.
An Deck war die Mannschaft schon dabei, an Land zu gehen. Männer liefen hin und her und stellten alles zusammen, was sie für die Nacht brauchten, während die Beiboote im Pendelverkehr hin- und hergerudert wurden.
"Hello", sagte Jerome, wie immer gut gelaunt.
Die beiden setzten sich zu ihm auf die Planken. "We just spoke to Samuel", begann Mattis. Er sprach so leise, wie es nur ging, ohne dabei aufzufallen.
Jerome kaute noch genüsslich an seinem Essen. "Samuel? He's a good man", meinte er zwischen zwei Bissen.
"He had some bad news and he warned us."
"Really?" Jerome schien kaum zuzuhören, er konzentrierte sich ganz auf seine Mahlzeit.
"You're in danger, Jo."
"Of course I'm in danger! I'm black. And I'm a slave." Jerome lachte, als er es sagte. "But it's okay. I'll be sold to a farmer and live a good life on a **plantation** somewhere."
"No no, it's more than that." Jerome musste die Ohren spitzen, um ihn zu verstehen. "The men are afraid of you. They think you're dangerous. A demon, a **medicine man** or something like that. They think you practise **witchcraft** and **black magic**. They say the ship **is doomed** if you stay on board."
"Well, that's good, isn't it?" Jerome fand die Vorstellung amüsant. Er schien den Ernst der Lage nicht zu begreifen.

plantation Plantage
medicine man Medizinmann
witchcraft Hexerei
black magic schwarze Magie
to be doomed dem Untergang geweiht sein

"Jo!", sagte Mattis fast schon beschwörend: "They want to kill you, Jo."
"Oh!" Nun horchte er auf.
"And us too, probably."
Von achtern kam ein unterdrücktes Räuspern von einer der Nachtwachen. Der Mann wollte wohl noch einmal nach dem Rechten sehen, bevor er seinen Posten einnahm. Er achtete peinlich genau darauf, nicht zu nah an dem gefürchteten Voodoo-Jungen vorbeizugehen.
Die Jungs verhielten sich still, bis er wieder weg war. Danach herrschte Ruhe an Deck. Die übrige Mannschaft saß längst am Strand.
Terry rutschte näher an Mattis und Jerome heran. "Can you swim?", fragte er im Flüsterton. "Well, yes", meinte Mattis zögernd. "Not very well, but more or less." Er wunderte sich über die Frage. Jerome nickte nur still, als sei es für ihn selbstverständlich. Aber warum Terry fragte, war auch ihm nicht klar. Terry ließ die Augen langsam über das im Dunkeln liegende Deck schweifen, um sicher zu gehen, dass keiner der Wachen in der Nähe war. "We should stay on board tonight, Mattis", sagte er schließlich. "I've got a plan."

Eine unheimliche Begegnung

In weiter Ferne zeigte sich ein fahler gelber Lichtschein über dem schwarzen Wasser. Schon bald würde die Sonne aufgehen.

"Shall we?"

"Aye."

Um die dösenden Wachen am Achterdeck nicht auf sich aufmerksam zu machen, schlichen Mattis und Terry tief gebückt und auf Zehenspitzen zum vorderen Niedergang. Unter Deck eilten sie nach hinten und holten die Messer hervor, die Samuel für sie versteckt hatte. Zügig führten sie die Klingen durch alle erreichbaren Verschnürungen zwischen den Bambusrohren der Papageienkäfige. Rasch büßten die Gitterwände an Standfestigkeit ein und bald gaben die noch nachtträgen Tiere auch schon die ersten verräterischen Geräusche von sich.

Das war das Signal zur Eile. Nun musste es schnell gehen. Während Mattis mit dem großen Entermesser zurück an Deck rannte, warf sich Terry mit seinem ganzen Körpergewicht gegen die bereits wackligen Außenrahmen der Volieren. Ohne viel Widerstand gaben sie nach und die aufgescheuchten Vögel drängten kreischend aus ihren einstürzenden Gefängnissen. Ohrenbetäubender Lärm füllte den Raum. Bambusstäbe fielen scheppernd zu Boden, während die zahllosen Papageien sich ungezügelt umherschwirrend durch alle Öffnungen im Schiffsrumpf einen Weg ins Freie suchten.

Unterdessen hatte Mattis oben an Deck mit dem Entermesser Jeromes Fußfessel bearbeitet. Immer wieder schlug er auf die am Boden liegende Kette ein, während sie beide zwischen den Schlägen nervös zum Achterdeck blickten. Dort standen die munter gewordenen Wachen fassungslos vor dem Spektakel, das sich vor ihren Augen abspielte. Aus dem hinteren Niedergang strömten die Papageien wie eine bunt gefärbte, laut rauschende Fontäne aus dem Schiffsbauch empor.
"Come on, Mattis, hurry up!" Terry war wieder an Deck und wollte helfen. "Shall I try?"
Mattis antwortete nicht. Keine Zeit, um sich abzuwechseln. Sie konnten schon die Alarmrufe der Wachen hören, die sich mit dem Getöse der Vögel vermischten. Die Lage war kritisch. Jeromes Kette hielt weiterhin dem schon arg lädierten Entermesser stand. Und gerade begannen die Männer, sich mühevoll durch das wilde Gewühl von flatternden Flügeln und umherwirbelnden Federn auf sie zuzubewegen. Sie standen schon fast vor ihnen, als in letzter Sekunde eines der rostigen Kettenglieder endlich mit einem dumpfen Knall zerplatzte. Angesichts des von seinen Fesseln befreiten Voodoo-Jungen zögerten die Wachen. Und Jerome nutzte die Gelegenheit: Er ließ die Augen kreisen und fauchte die Männer an, als wäre es eine Drohung. Die Wachen schreckten zurück und Terry rief: "Let's go!"
Mattis verharrte kurz. Er war wirklich kein guter Schwimmer. Doch Jerome war schon gesprungen, und Terry drängte. Einen Augenblick später waren die drei über Bord und auf der Flucht. Nun konnten sie nur hoffen, dass ihre Rechnung aufgehen würde, dass die Pira-

ten durch die Papageien abgelenkt würden und sie selbst im Halbdunkel der Morgendämmerung nur schwer oder gar nicht im Wasser zu sehen waren.
Inzwischen stand Captain Mills auf dem Achterdeck und schrie aufgebracht um sich. Am Strand regte sich auch schon die Mannschaft. Einer nach dem anderen erwachten die Männer aus ihrem Tiefschlaf und richteten ihre Augen auf die Bloody Mary und das Chaos, das sich dort abspielte. Einige liefen zum Beiboot und setzten sich an die Ruder.
Die Jungs schwammen einfach, so schnell sie konnten. Die kurze Strecke zum Strand schien plötzlich sehr, sehr lang. Auf halbem Weg befürchtete Mattis sogar, es nicht zu schaffen; Terry und Jerome kamen im Wasser wesentlich besser zurecht und er hinkte bedenklich hinterher. Die beiden hatten schon den Strand erreicht, etwas abseits des Nachtlagers der Piraten. Dann endlich spürte auch Mattis Boden unter den Füßen und hüpfte mit großen Sprüngen die letzten Meter an Land. Zu dritt sprinteten sie durch den Sand in den Wald und rannten um ihr Leben.

Völlig außer Atem warf sich Mattis auf den Waldboden.
"I need a break", presste er hervor.
"No Mattis, we can't", sagte Jerome, der neben ihm stand und genauso nach Luft rang. Kopflos, von Todesangst getrieben, waren sie den Bach entlanggelaufen, sicher eine halbe Stunde lang.
"Yes, a short break. Just a second." Terry keuchte angestrengt und setzte sich zu Mattis.
In der Ferne hörten sie die Zurufe ihrer Verfolger, die

sich offenbar in großer Zahl an verschiedenen Stellen im Wald befanden. Vielleicht hatte sie doch jemand im Gebüsch verschwinden sehen.
"Let's go! Let's go!" Jerome war nervös.
"How's your leg?", fragte Terry.
"It's okay. Come on, come on, let's go!"
Jerome trug noch die Schelle von der Fußfessel am Knöchel. Daran hing auch noch ein knapp armlanges Kettenstück. Das erschwerte ihm gehörig das Laufen im Wald, aber er klagte mit keinem Wort, obwohl unter dem Eisen schon deutlich Hautabschürfungen zu sehen waren.
"We can't do anything about the **shackle** anyway. So let's go." Jerome drängelte. Die Freiheit war ein ganz neues Erlebnis für ihn und er wollte sie auf keinen Fall gefährden.

shackle
Fußfessel

"Well, you're right. We probably can't do anything."
Mattis und Terry standen auf und es ging weiter. Nun nicht mehr im Laufschritt, aber doch flott. Der Dschungel wurde jetzt ein wenig lichter, dazu der Boden steiniger und weniger rutschig. Und das Gelände begann anzusteigen. Vor ihnen lag der einzige Berg der Insel. Wegen der Bäume konnten sie den Gipfel nicht sehen. Sie hatten aber schon merklich an Höhe gewonnen.
"I think we'll make it", ächzte Terry, nachdem sie wieder ein gutes Stück zurückgelegt hatten.
"Yes, it looks good."
Die Rufe der Männer unten im Wald entfernten sich nach und nach.
"Maybe they're giving up. Live on a ship too long and

you can't walk far anymore", sagte Jerome und lachte. Jerome schien in jeder Lebenslage gut aufgelegt zu sein, dachte Mattis.

Außer der Kleidung am Leib hatten die Jungs nichts bei sich. So kamen sie gut voran, trotz der Fessel, die Jerome behinderte. Aber wohin ihre Flucht sie eigentlich führen sollte, wussten sie nicht. Sie gingen bergauf, nicht weil sie das beschlossen hatten, sondern weil es die einzige Richtung war, die sie vom Strand wegführte.

Mit zunehmendem Anstieg wurden die gelegentlichen Lücken im Baumbewuchs häufiger. Wenn sie sich umschauten, rückte hin und wieder das Meer in ihr Blickfeld. Bald auch der Mast der Bloody Mary und später sogar ein Teil des Strandes, von dem sie gekommen waren. Auch Geräusche von unten drangen zwar leise, aber deutlich unterscheidbar durch die klare Luft nach oben zu ihnen.

Mattis blieb stehen und drehte sich um. Unten am Ufer gab es anscheinend eine weitere Auseinandersetzung. Unverständliche Schreie und Gebrüll kamen als dünne, fast metallisch klingende Töne bei den Jungs an.

"I can't see them, but it sounds like they have a problem down there", sagte Mattis, auch mit dem Hintergedanken, eine kurze Pause herauszuschinden. Ihm schmerzten die Beine.

"I'm sure Lawless Ron started the argument", meinte Jerome und stapfte einfach weiter. Terry stöhnte leise, unfähig, sich zu äußern.

Einige Zeit später war Mattis fast so weit, eine richtige Pause zu fordern. Doch plötzlich standen sie am Rand einer größeren Lichtung und Terry kam ihm zuvor: "This looks like a good place for a **rest**", meinte er, als sie auf aus dem Wald heraustraten. Keiner widersprach und einen Augenblick später lagen sie rücklings auf dem felsigen Boden im Schatten der überhängenden Bäume.

Der Strand lag inzwischen so weit unter ihnen, dass sie nicht mehr befürchten mussten, noch eingeholt zu werden. Sie waren bestimmt schon seit zwei oder drei Stunden unterwegs.

Mattis schloss die Augen und wäre sofort eingeschlafen, wenn der freudige Ausruf Jeromes ihn nicht zurückgeholt hätte: "Hey, look down there!"

Terry fügte hinzu: "Aye, I think we're safe now."

Erst jetzt fiel Mattis auf, dass sich ihnen an diesem Standort ein ungehinderter Blick über die gesamte Bucht bot. Von hier oben erschienen die Menschen am Strand wie kleine bunte Pünktchen. Aber es war leicht zu erkennen, dass in die Mannschaft der Bloody Mary wieder Ruhe eingekehrt war. Die Männer hatten sich der Reparatur des Schiffs zugewandt, so schien es jedenfalls. Einige saßen am Strand und arbeiteten an Dingen, die man aus der Ferne nicht erkennen konnte. Streit herrschte jedenfalls keiner mehr.

rest Pause
chase Verfolgung

"That's good. It looks like they've given up the **chase**", sagte Mattis, während er die Szene am Ufer betrachtete. Terry schloss sich der Annahme an: "Yes, it does. And the captain's name is now Lawless Ron Edward, I suppose."

"I don't care who's captain. I don't like captains", war Jeromes Meinung.
"And I'm tired", stöhnte Mattis, als ihm die Augen wieder zufielen. Während er langsam wegdöste, kam es ihm in den Sinn, dass er seine Mütze bei der Flucht verloren hatte. Wahrscheinlich lag sie irgendwo an Deck der Bloody Mary.

Ein kräftiger Windhauch zog ihm übers Gesicht und brachte angenehme Kühlung. Mattis hatte keine Ahnung, wie lange er dagelegen hatte; er musste tief geschlafen haben. Doch noch bevor er die Augen öffnete, ließ ihn ein gellender Angstschrei in die Senkrechte schnellen. Vor ihm hüpfte Jerome unkontrolliert auf der Stelle und raufte sich vor Aufregung die Haare.
Terry stand schon daneben und hielt ihn am Arm. "What's wrong?", fragte er besorgt. Jerome hüpfte weiter auf und ab und sprang heftig keuchend im Kreis. "Hey, Jo! Calm down!", versuchte es Terry erneut.
Allmählich wurde Jerome ruhiger. Er ließ sich auf den Boden sinken und schwieg. Völlig ausgelaugt saß er auf dem Felsen und blickte über den Wald hinaus in die Ferne.
"Did you see it?", sagte er leise, als sich Mattis und Terry dazusetzten.
"See what?"
"The bird."
"A bird?"
"No. *The* bird. The *big* bird." Allmählich konnte Jerome wieder sprechen. "It's big, you know. Very big. The size of a house. No, two houses. Bigger than a ship!"

"You must have been dreaming, Jo."
Jerome schüttelte den Kopf. "It flew just over us." Fragend blickte er abwechselnd Mattis und Terry an. "Didn't you see it? Didn't you hear it? It was the thunderbird."
"Maybe it was just a normal big bird. An eagle maybe?", versuchte Mattis ihn zur Vernunft zu bringen.
"It was the thunderbird", wiederholte Jerome.
"Oh Jerome, that's just Captain Mills' crazy story. There is no thunderbird. It's just a **myth**."
Jerome schüttelte weiter den Kopf. "No, it isn't", sagte er mehr zu sich selbst als zu den anderen. Auf den Boden schauend fuhr er leise fort: "The captain's stories are true. I've seen the thunderbird. Several times. On other islands. It's **ferocious** and terrible."
Terry hob die Augenbrauen und schaute zu Mattis. Hatte Jerome schlecht geträumt? Oder war er auch verrückt geworden? Ratlosigkeit machte sich breit.
"Shall we go on?", schlug er schließlich vor. Sie wollten ja noch zum Gipfel, um sich einen Überblick über die Insel zu verschaffen.
Als sie schon standen, sagte Jerome mit ernstem Blick: "It had two men in its claws. Crewmen from the Bloody Mary."
"Come on, let's go", platzte es aus Mattis fast im Befehlston heraus.
Kurz bevor sie wieder den Wald betraten, schaute er sich aber noch einmal um. Aus reiner Neugier. Weit unten in der Bucht war alles still und friedlich. Von der Bloody Mary konnte er nur noch wenig sehen, genau genommen fast nichts,

myth Legende
ferocious grausam

nur eine kleine längliche Form, die die Mastspitze sein könnte; die Mannschaft hatte das Schiff anscheinend näher an den Strand geholt. Warum denn das? Egal. Es ging weiter.
Wie lange sie noch bis zum Gipfel brauchen würden, ließ sich schwer abschätzen. Von unten hatte es so ausgesehen, als flachte sich der Berg nach oben hin ab. Allerdings konnte das im dichten Wald auch täuschen. Die Sonne stand jedenfalls noch hoch am Himmel, es war also erst um die Mittagszeit, sodass sie ihr Ziel sicher noch am Nachmittag erreichen würden.
Die Jungs wanderten schweigend weiter, jeder mit seinen eigenen Gedanken beschäftigt. Sie ignorierten, so gut sie konnten, ihre schmerzenden Glieder und Jerome ertrug mannhaft die Last der Fessel mit dem angehängten Kettenstück am Fuß.

hurray hurra
Phew! Puh!
further weiter

Geraume Zeit später lichtete sich der Wald erneut und sie standen wie schon zuvor auf einer felsigen, baumlosen Fläche. Nur war diese wesentlich größer als die erste weiter unten. Über mehrere Hundert Meter stieg sie noch leicht an und dann schien sie einfach aufzuhören und den Himmel zu berühren. Dort musste der höchste Punkt sein.
"**Hurray**, we've made it!", rief Terry, als sie aus dem Wald heraustraten.
Mattis brachte nur ein erschöpftes "**Phew**!" zustande und ließ sich ermattet auf den Boden fallen.
"Come on Mattis, it's only a bit **further** to the top", redete ihm Jerome zu und zog ihn wieder auf die Beine.
Als sie endlich ihr Ziel erreichten, bestätigte sich ihre

Hoffnung: Es war tatsächlich der höchste Punkt der Insel und er bot einen umfassenden Rundblick über beinahe die gesamte Küstenlinie.
"Hey, the Bloody Mary's gone", sagte Terry überrascht.
"Nay, she's still there." Jerome zeigte mit dem Finger hinunter.
Mattis kniff die Augen zusammen. "Yes, right", bestätigte er Jeromes Beobachtung. "See! There's the mast and a bit of the quarterdeck."

aground
gestrandet

Aus dieser Perspektive verbargen die küstennahen Bäume wieder den größten Teil des Strandes und damit auch des Schiffs. Und was genau sie von der Bloody Mary sahen, war aus dieser Entfernung nicht mehr eindeutig auszumachen.
"Aye, but she's a lot closer to the beach, isn't she? Maybe she's **aground**? Or they pulled her ashore?"
"Yes, could be."
Das hatte Mattis schon vermutet, als sie die Lichtung weiter unten verlassen hatten. Bereits da hatte er sich gewundert: Warum nur sollten die Piraten das Schiff so nah an den Strand bewegen? Oder sogar an Land ziehen? Das musste geradezu übermenschliche Anstrengungen kosten.
Plötzlich sprang Jerome in die Höhe und ging bei der Landung tief in die Knie. "Oooh! My friends! Look! Look!" Er zeigte mit dem Finger den Berg hinunter aufs Meer.
"Hey, that's it. The Bloody Mary is trying to hide!", rief Terry, während Jerome einen Freudentanz aufführte.
Unten vor der Küste setzte ein unbekanntes Schiff zum

Ankermanöver an, und das in der Bucht direkt neben jener, in der die Bloody Mary lag. Am Großmast flatterten die britischen Farben.

"It's a British frigate! The pirates are hiding from the Royal Navy!"

Die beiden Schiffe waren nur durch eine kleine Halbinsel getrennt, die sich ein wenig ins Meer hinausstreckte. Das könnte die Bewegung der Bloody Mary erklären; je näher am Strand sie sich befand, desto geringer war die Wahrscheinlichkeit, vom Meer aus entdeckt zu werden. Und für ein Schiff in der benachbarten Bucht war sie so überhaupt nicht zu sehen.

"Why didn't we see it **straight away**?"

"We didn't look", meinte Terry trocken.

straight away sofort
painful schmerzhaft

Die Jungs sahen sich von ihrem ungewissen Schicksal auf Cove Island fast schon erlöst. Sie mussten nur hinuntergehen. Aber nach ihrer Flucht und dem anstrengenden Aufstieg fehlte allen dreien im Augenblick die Kraft, etwas zu unternehmen, geschweige denn, den Rückweg anzutreten. Sie setzten sich auf den steinigen Boden und beobachteten das Kriegsschiff bei seinen Manövern.

Jerome massierte sich den Unterschenkel. An den Rändern der Schelle klebten Blutflecken.

"That shackle must be **painful**", sagte Mattis. Jerome blieb gelassen und murmelte nur etwas vor sich hin. "Shall we try and get rid of it? We could use a stone, maybe that could work."

"No, I'm okay."

"Sure?"

"Sure!"
Mattis glaubte selbst nicht, dass sie die Schelle mit einem Stein aufbrechen könnten. Jerome tat ihm leid. Doch das allein half ja auch nichts.
Eine Weile schauten sie noch zu, wie das neu angekommene Schiff vor Anker ging. In der Bucht, in der die Bloody Mary lag, geschah währenddessen nichts, was sie sehen oder hören konnten.
Irgendwann rührte sich Terry: "Come on, then. Let's go!"
Jerome lächelte wieder breit, stieß ein langes "Yesss, sir!" aus und stand voller Tatkraft auf.
"Okay, let's go!", meinte auch Mattis.

Das Wrack von Cove Island

Ohne Rücksicht auf Verluste rannten sie los, den Berg wieder hinunter, allerdings in Richtung der anderen Bucht. Anfangs konnte Mattis sich kaum bewegen, so sehr spürte er noch den Aufstieg in den Beinen. Nach einer Weile aber begann der Schmerz nachzulassen und bald drosselten sie auch ihr Tempo.

Die Gefahr, das Ziel zu verpassen, machte ihnen Sorge und trieb sie zugleich vorwärts. Mitten im Urwald, umgeben von dicht wachsenden Büschen und hohen Bäumen, war die richtige Richtung nicht immer leicht zu bestimmen. Immer wieder mussten sie ihren Kurs durch das Dickicht besprechen, was aber auch viele Gelegenheiten für kurze Pausen bot. Der Abstieg war nämlich, obwohl es nach unten ging, kein bisschen leichter als der Aufstieg. Immerhin gab es unterwegs jede Menge Wasser, um den Durst zu löschen. Den üppigen grünen Tropenwald versorgten etliche kleinere und größere Wasserläufe, die auf ihrem Weg zum Meer den Hang durchzogen.

Plötzlich rief Jerome: "I can smell the sea!" Wie lange sie da schon gelaufen waren, hätte Mattis nicht sagen können. Aber Jerome hatte recht. In die Waldluft mischte sich deutlich die salzige Brise vom Meer.

"He's right", schnaufte Terry.

Mattis nickte nur. Kurz danach rannten sie über weichen Sand und stürzten sich in die Fluten.

Nach der ersten Abkühlung blieben sie einfach im Was-

ser sitzen, ließen sich den Bauch vom Schaum der leichten Brandung umspülen und schauten sich um.
Draußen in der Bucht lag das Kriegsschiff vor Anker. Eine größere Gruppe von Männern hatte sich an Land begeben und stand ein ganzes Stück entfernt am Strand. Zwischen ihnen und den Marinesoldaten lag vielleicht eine halbe Meile oder sogar mehr. Die Bucht war groß und sie befanden sich am äußersten Rand dicht neben einem Felsvorsprung.
"We almost missed the **bay**", sagte Terry.
"Aye. But only almost." Jerome strahlte förmlich. Er tauchte unter und planschte im Wasser wie ein kleines Kind.
"Are you sure it's a warship? Could be pirates, you know."
"Aye, I'm sure. Look at their uniforms."
Ob die Männer am Strand Uniformen trugen, konnte Mattis nicht wirklich sehen. In der Nachmittagssonne musste er die Augen zukneifen. Und die Männer waren einfach zu weit weg, um Genaueres zu erkennen.
"I think they've seen us."
Barfuß machten sich die drei durch das knöcheltiefe Wasser auf zu den Männern. Einige von ihnen kamen ihnen schon entgegen. Sie trugen Waffen, lange Musketen, und bald bestand kein Zweifel mehr, dass es tatsächlich britische Marinesoldaten waren. Sie gaben sich misstrauisch und kurz angebunden, als sie die drei Jungs trafen, die da auf dieser einsamen Insel aus dem Urwald aufgetaucht waren. Wie Gefangene führten sie sie zurück zu ihrem Beiboot, wo ihr Vorgesetzter wartete. Einer

bay Bucht

der Soldaten berichtete: "They say they ran away from a pirate ship, sir."

Terry stutzte, als der mit *sir* Angesprochene näher trat. Mattis wunderte sich ebenfalls. Das Gesicht kannte er doch.

"Thank you, gentlemen", bedankte sich der Mann bei denen, die sie herbeigeholt hatten. Dann schaute er Terry und Mattis ein wenig zweifelnd an und sagte schließlich: "I think we've met before."

"Mr Carter!", rief Mattis. Es war der Steuermann von der Pacific Challenger.

"Captain Carter!", korrigierte ihn einer der Umstehenden brüsk.

"Mattis, isn't it? And Terry?", fragte Mr Carter, der nun offenbar Kapitän war und die Valiant, die Fregatte draußen in der Bucht, kommandierte. Mit Blick auf Jerome fügte er hinzu: "And I see you have a new friend."

An Bord der Valiant wurden Mattis, Terry und Jerome mit einer herzhaften Mahlzeit versorgt, während sie ihre Geschichte erzählten. Dass die Bloody Mary in der benachbarten Bucht lag, war für Captain Carter die beste denkbare Nachricht. Genau deshalb war die Valiant hier: Sie war ausgeschickt worden, um die Kaperer der Pacific Challenger zu jagen.

"Ah, is that so? Good to hear!", hatte der Captain gesagt und sofort Befehl gegeben, einen Spähtrupp zusammenzustellen, der an der Landzunge zwischen den beiden Buchten die Lage erkunden sollte. Gleich danach holte er seine Offiziere zu sich. Die Jungs wurden weggeschickt.

"Why don't you boys take a rest?", sagte er. "And go see the **ship's surgeon**. Your feet could use some **treatment**, I think." Offensichtlich sollten sie die Unterredung nicht mithören. Im Weggehen bekam Mattis aber doch einen Gesprächsfetzen mit. "A **surprise attack** in the morning ..." begann einer der Offiziere, noch während sich die Jungs entfernten.

Dem Schiffsarzt gelang es, Jerome von seiner Fessel zu befreien. Er verband ihm auch den aufgeschürften und blutenden Unterschenkel und kümmerte sich um die Blasen, die alle drei an den Füßen hatten. Nach dem Arztbesuch ließen sich die Jungs an Deck nieder und streckten alle viere von sich.

ship's surgeon
Schiffsarzt

treatment
Behandlung

surprise attack
Überaschungs-angriff

to take prisoner
gefangen nehmen

to take sb to court
jdn vor Gericht bringen

"They'll destroy the Bloody Mary and kill the whole crew", sagte Mattis. Ein Unterton von Mitgefühl schwang in seiner Stimme mit.

"A good idea, if you ask me!", meinte Jerome freimütig. "I'm a bit worried about Samuel."

"Aye, he's different." Das gestand auch Jerome ein.

"They might **take** them all **prisoner** and then back to England", spekulierte Terry. "Many pirates are **taken to court** and hanged. Everyone knows the story of Captain Kidd. He was hanged in London."

"But they only do that with the captains. The others are just killed, I think." Mattis hoffte, Samuel würde lebend aus der Sache herauskommen. "And the Royal Navy's been looking for Captain Mills for a long time. That's what Samuel said, anyway. Remember?"

Später erzählte ihnen Captain Carter, dass Eagle Eye Mills tatsächlich schon lange auf der britischen Fahndungsliste stand. Ebenso, dass Captain Blunt und alle, die mit ihm ausgesetzt wurden, nach einer Irrfahrt von Insel zu Insel schließlich Jamaika erreicht hatten. Mills konnte nicht weit sein, da war sich die Kolonialverwaltung in Spanish Town sicher. Blunt war allerdings sehr krank und längst wieder auf dem Weg nach England.

"I've got an idea", sagte Terry nach einer Weile. "We could ask Captain Carter to **spare** Samuel. After all, he saved our lives, didn't he?"

"Yes, let's do that", stimmte Mattis zu. "Samuel helped us, so we should help him if we can."

Dem konnte Jerome auch nicht widersprechen: "Aye, we should. Samuel's a good man, he is."

to spare sb jdn verschonen
possibility Möglichkeit
sunstroke Sonnenstich

Wenig später wurde die Frage nach dem Schicksal Samuels jedoch mit einem Schlag bedeutungslos. Um sie herum setzte plötzlich eine routinierte Betriebsamkeit ein. Die Bootsmannspfeife ertönte, die Segel wurden gesetzt und der Anker gelichtet. Wollten sie jetzt schon die Piraten angreifen? So kurz vor Einbruch der Dunkelheit? Auf dem Achterdeck stand Captain Carter und winkte die Jungs zu sich.

"How long were you on that island? You said two days, didn't you?", fragte er, als sie vor ihm standen.

"Yes sir, two days."

Der Captain schien nachzudenken. "Are you sure?", meinte er vorsichtig. "Maybe it was longer? Well, the ship's surgeon mentioned the **possibility** of **sunstroke** ..."

"Sunstroke? I don't understand", sagte Terry. Mattis und Jerome wunderten sich genauso.
"You were right about one thing, though", wich der Captain aus. "There *is* a ship in the **neighbouring** cove. And it actually *is* Jonathan Mills' ship, the Bloody Mary. But there are no pirates, no crew, no sailors anywhere." Er neigte den Kopf und sah die Jungs beinahe mitleidig an. "That's what our men tell me. They went on land and **searched** the beach."
"What?", fragte Mattis erregt. Der Spähtrupp soll niemanden gesehen haben? Jerome lächelte leise und gab ein zischendes Geräusch von sich.
"That's **impossible**!", meinte Terry. "They were all there this morning."
"Well, they aren't now. And what's more, the ship has been destroyed. She's a wreck that has most likely been lying there for longer than a day or two. It looks more like weeks, so say my men."
"Hm ..." Mattis stöhnte ratlos.
"But don't worry, boys. Maybe it *is* just a **slight** sunstroke."
Mattis ärgerte sich. Der Captain glaubte anscheinend, sie hätten zu viel Sonne abbekommen und würden fantasieren!
Da nun aber Eagle Eye Mills tot sein müsse, und die ganze Mannschaft wohl auch, so der Captain, gab es keinen Grund, länger hier zu bleiben. "So we can **sail for** Spanish Town and get you young men safely to port", schloss er seine Erklärungen ab.
Allmählich nahm die Valiant Fahrt auf, sie befand sich

neighbouring angrenzend
to search absuchen
impossible unmöglich
slight leicht
to sail for segeln nach

schon fast auf Höhe der Felsen an der Spitze der Landzunge. Je weiter sich das Schiff aufs offene Meer zubewegte, desto besser konnte man die benachbarte Bucht einsehen. Wortlos hefteten die Jungs den Blick auf das Panorama, das sich wie ein Fenster langsam immer weiter öffnete.

Plötzlich stieß Jerome einen kurzen Seufzer aus und Mattis dachte, sein Herz bliebe stehen: Tatsächlich, am Strand lag ein Schiffswrack, gänzlich auf dem Trockenen, halb zur Seite gekippt. Es wirkte, als hätte ein übermächtiger Sturm den Rumpf an Land gespült und dabei fürchterlich zugerichtet. Riesige Löcher klafften in der Schiffswand, der Mast hing mehrfach gebrochen herab und rundherum lagen die Trümmer der Decksaufbauten. Aber es zwar ohne Zweifel die Bloody Mary. Oder vielmehr das, was von ihr übrig war.

Wie gebannt starrten die Jungs in die vor ihren Augen vorbeiziehende Bucht. Eine Erklärung für das, was da zu sehen war, hatten sie nicht. Captain Carter fragte auch gar nicht.

Stattdessen erzählte er von einer ganz anderen Sache.

"Oh, **by the way**", setzte er an. "You mentioned a big storm."

Von den Jungs kam keine Reaktion. Sie starrten weiterhin auf den Strand – ungläubig, fassungslos, ratlos. Aus den Bäumen hinter dem Wrack flatterte ein bunter Schwarm Papageien auf. Die drei holten tief Luft. Das Bild kommentieren wollte jetzt aber keiner mehr.

by the way
übrigens

"We heard about that storm in Spanish Town", fuhr der Captain unbekümmert fort. "It must have been horrendous. The

Navy lost two excellent vessels. Very strange, though – some of the men who **survived** the storm came back very ill. And in a very unusual way, I must say. Some were blind."

Während Captain Carter sprach, deutete Jerome kaum merklich mit dem Kopf nach oben. Er blickte über das Schiffswrack hinaus zum Berg, auf dem sie am Nachmittag noch gewesen waren. Nun sahen es Mattis und Terry auch: Hinter dem dünnen Dunstschleier, der den Gipfel umgab, bewegte sich ein großer, verschwommener Schatten. Die schemenhaften Umrisse ließen kurz an einen immensen Vogel denken. Doch gleich darauf war die Silhouette, wie von einem mächtigen Flügelschlag getrieben, auch wieder verschwunden.

to survive
überleben

Die drei tauschten flüchtige Blicke, sagten aber nichts. Es hätten ja auch im Höhenwind dahinfliegende dunkle Wolken sein können.

Der alte Pirat

Eine leichte Abendbrise wehte durch den Hafen und brachte auch den Gassen am Kai angenehme Kühlung. Die Tage auf Jamaika waren heiß und faul und schön.

"Let's just stay here and **carry on** doing nothing", schlug Jerome scherzhaft vor.

"Aye, that sounds good", antwortete Terry mit einem Singsang in der Stimme.

Seit dem Einlaufen der Valiant in Spanish Town war nichts Bemerkenswertes geschehen, obwohl sich für die drei Jungs das Leben doch gänzlich verändert hatte. Was die Zukunft bringen würde, war noch ungewiss, also genossen sie vorläufig einfach die Ruhe und die entspannte Atmosphäre der Stadt. Das Beste an ihrem neuen Dasein war jedoch Jeromes neu gewonnene Freiheit: Als Sklave muss man einen Besitzer haben, und den konnte er nicht mehr vorweisen.

to carry on weitermachen
neither auch nicht

Doch bald musste eine Entscheidung her.

"Well, I certainly don't want to join the Royal Navy", meinte Terry. Das hatte Captain Carter vorgeschlagen. Man musste dafür nicht unbedingt Engländer sein. Er hatte aber auch bemerkt, dass das für Jerome wohl trotzdem kein geeigneter Weg wäre.

"Your king's navy? Oh nay, me **neither**", sagte Jerome mit gespieltem Ernst.

Mattis imitierte seinen Ton: "But you know, dear Jerome, we would never join the navy and leave you all alone anyway." Alle drei lachten.

"England's not a good idea either – brr, too cold."

"Right, definitely too cold for a black man", stimmte Jerome immer noch lachend zu.
Auch dieser Vorschlag war von Captain Carter gekommen. Er hatte ihnen nicht nur die Unterkunft im White Horse besorgt, sondern auch zugesagt, sie irgendwo auf einem Schiff unterzubringen, wenn sie das wollten, entweder als Seeleute oder als Passagiere zurück nach England. Aber genau das war das Problem: Sie wussten nicht, was sie wollten. Sie wussten nur, dass sie zusammenbleiben würden, was immer auch geschehen mochte.

to help out aushelfen
tavern Schenke

"I'll get some more water." Terry stand auf, griff sich die leere Flasche und ging über die Straße zum Gasthaus.
"What do you think happened to Samuel?", fragte Mattis, als Terry im White Horse verschwand.
"Samuel? The friendly man?", fragte Jerome zurück. "He was taken by the thunderbird, just like the others."
Mattis verzog den Mund und schnaubte hörbar. Es war nicht zu fassen! Jerome glaubte tatsächlich immer noch an die Existenz des Donnervogels. "Oh Jo, you know that's impossible."
Jerome schaute ihn freundlich an und wackelte etwas auf der Bank hin und her, als wollte er gleich tanzen. "Are you sure?", meinte er seltsam beschwingt.
Seit Cove Island hatten sie kaum über die Ereignisse dort gesprochen, zu unglaublich und verstörend waren sie gewesen. Aber an Samuel dachte Mattis trotzdem gelegentlich. Er hatte ihn als Freund betrachtet.
"Mrs Chapman wants to know if we can **help out** in the **tavern** tomorrow." Terry stellte die frisch gefüllte Fla-

sche hin und setzte sich wieder. "She said we could also go fishing with her husband, if we preferred that."

"Oh, work!"

Mattis zeigte Einsicht: "Well, we should do something. We promised to, didn't we?"

Das Trio fand sich damit ab. Nach fast zwei Wochen Müßiggang konnte man für Kost und Logis ruhig auch gelegentliche Gegenleistungen erbringen. Immerhin war das auch die Abmachung.

"Okay, then it's work tomorrow."

Terry teilte Wasser aus und alle nahmen einen großen Schluck.

Als Mattis seinen Becher wieder senkte, fiel sein Blick auf eine Gestalt, die ihm merkwürdig fremd und doch bekannt vorkam. Gegenüber, vor dem White Horse, hinkte mühsam ein buckliger, alter Mann auf den Gasttisch zu, der neben der Tür stand. Mit schwerfälligen Bewegungen ließ er sich langsam auf die Sitzbank nieder. Die Hände übereinander auf seinen Gehstock gestützt, saß er am Tisch und wartete darauf, von jemandem im Innern des Gasthauses bemerkt zu werden.

Terry und Jerome hatten den Mann nicht wahrgenommen. Sie machten Witze über die Schrullen der Wirtsleute und plauderten in ausgelassener Stimmung über die Pläne für morgen und danach.

"Hm", summte Terry. "You know, fishing with Mr Chapman actually sounds good!"

"You're right. Maybe we should do that tomorrow", meinte Jerome.

"We could become fishermen!"

"Why not. We'd have our own boat."
"Or we become pirates and steal lots of gold."
"Pirates?", fragte Mattis und hob den Kopf etwas in Richtung Gasthaus. "Like that one over there?"
Der Mann drehte sich leicht zur Seite und sah jetzt mit starren Augen herüber. Er hatte sie gehört, schien aber über ihre Köpfe hinwegzublicken.
Terry stockte der Atem. Jerome sprang auf die Beine.
"Isn't that ...?"
"Aye, it is!"
Die Wirtin trat zur Tür hinaus und nahm die Bestellung auf. Während der Mann langsam und stotternd antwortete, blickte er weiterhin mit unbewegten glasigen Augen geradeaus. Es war Eagle Eye Mills, mit schlohweißem Haar, wie um dreißig Jahre gealtert. Und ohne Augenlicht. Er war blind.
"He finally found the big bird", sagte Jerome.